좋아한다고
말할 수 없었어

나의 겨울 방학 이야기

좋아한다고
말할 수 없었어

윤 김 윤 김 박 봉 유 김
단 예 치 성 서 　 지 상
비 원 규 광 련 현 현 민

차 례

❄

친구들의 웃음, 음악실까지 태워 주던
수위 아저씨의 트럭, 그 뒤에 실려 바라보던 풍경,
야자 시간에 뛰쳐나와 운동장에서 왁자지껄하게
눈싸움을 하던 기억들. 그것들을 나는 기꺼이 사랑했다.

주머니에서 꺼낸 겨울

윤단비

윤단비

1990년 겨울, 광주에서 나고 자랐다. 열아홉 살에 서울로 오기 전까지는
줄곧 광주 극장에서 영화를 봤다. 영화가 끝나도 인물들이 스크린 밖 어딘가에
살아갈 것만 같은 인상을 남길 수 있는 작품을 만들고 싶다.
단편 〈불꽃놀이〉를 비롯하여 장편 〈남매의 여름밤〉 등 여러 편의 영화를
연출했으나 아직까지 겨울을 배경으로 한 영화를 만든 적이 없다.

우리 집은 과일 가게를 했다. 그래서 내게 계절의 변화란 진열대에 오르는 과일을 보고 깨닫는 것이었다. 복숭아와 수박을 보면 날이 덥지 않아도 여름이라는 것을 알았고, 단감과 밤이 나는 가을을 지나 마침내 귤과 딸기가 진열대에 올라오면 겨울이다, 이제 옷을 두껍게 입어야겠다는 생각을 하는 식이었다.

아빠는 과일이 생물이라 과일 파는 일이 좋다고 했지만, 생물인 과일은 시간이 지날수록 신선도가 떨어지기 때문에 손님이 많으면 많은 대로 없으면 없는 대로 과일이 항상 우선순위가 되어야 했다. 그렇다면 나는…… 나도 생물 아닌가. 과일이 시드는 것에 비하면, 성장하는 나는 조금 덜 급한 존재일 것이었다. 아직 남은 시간이 많았기에.

그러나 지금에 와서 생각하면 생물이 어디 나쁜인가. 당시 부모님의 나이는 지금의 내 나이보다 고작 열 살 정도 많았다.

겨울철 과일인 딸기와 귤은 얼마나 잘 무르고 곰팡이가 피는지. 간이 의자에 앉아 목장갑을 끼고 박스에 눌어붙은 곰팡이 핀 귤을 골라내는 작업은 주로 내 담당이었다. 젖은 귤껍질이 눌어붙은 목장갑은 금세 때가 탔다. 덕분에 거실 건조대는 접힐 틈 없이 세탁한 목장갑을 매달고 있어야 했다. 가끔은 친구들이 놀러 와서 무른 귤을 함께 골라냈다. 그들은 집으로 돌아가면 더는 목장갑을 끼지 않아도 되겠지만, 나는 자고 일어나면 천연덕스럽게 널려 있는 목장갑을 늘 마주해야 했다.

그래도 방학의 설렘이 없지는 않았다. 목표도 거창하고 하고 싶은 것도 가고 싶은 곳도 많았지만 당시 우리 가족은 내 생일날에도 외식을 할 짬이 나지 않았다. 24시간 영업하는 감자탕 집에서 좋아하지도 않는 감자탕을 먹어야 할 정도였다. (그래서 지금도 감자탕을 보면 어쩐지 피로하다.) 아무튼 그 정도로 짬이 없었으니 여행은 그저 텔레비전의 방송 프로그램에서 보는 사치스러운 대리 경험이었다. (실제로 아빠는 텔레비전으로 보는 거나 직접 가는 거나 별 차이가 없다고 얘기했다.)

고등학교 1학년 때 가출을 감행한 적이 있다. 이유는 생각나지 않는데, 시간이 굉장히 더디게 흘러갔다는 감각만큼은 생생하다.

슬프게도 내가 가출을 하고 간 곳은 집 앞 홈플러스였다. 어딜 가려고 해도 아는 곳도, 좋아하는 곳도 없어서 갈 곳이 떠오르지 않았다. 도통 어딜 가 본 적이 있었어야지 말이다. 마트 안에 있는 맥도날드에서 새우버거 세트를 먹고, 뽑기 같은 것도 좀 하고. 잡지 한 권을 사서 고객 센터 앞에 놓인 의자에 앉아 잡지를 읽었다. 그러고도 시간이 남아 결국 매장 마감 시간까지 있지도 못하고 집으로 돌아갔다. 채 다섯 시간도 되지 않는 가출인 터라 아무도 모르게 내 가출은 시시하게 끝이 났다.

그런 시간들을 보내던 내게 숨통이 되어 주었던 것은 수많은 소설책들이었다. 책 읽기는 내가 마음먹으면 끝까지 해낼 수 있는 거의 유일한 것이었다. 책 속 등장인물들의 삶은 얼마나 특별하고 빛나는 이야기들로 점철되어 있는지. 『맨 오브 라만차』에서는 기사에 대한 책을 너무 많이 읽어, 본인을 기사로 착각하고 마는 '돈키호테'가 주인공으로 등장하는데, 그런 광인이 되지 못하는 내 자신이 조금 슬프기도 했다. 차라리 돈키호테처럼 환상 속에서 살 수 있다면 분명 더 행복해지리라 생각했다. 광인이 되는 데에는 실패했지만 그래도 그들의 이야기를 읽는 동안엔 단결을 도모하는 멤버의 일원이 된 것만 같아 괜히 나도 특별해지는 기분이었다.

고3 때부터는 소설책들과 더불어 영화도 내 숨통의 한 축을 담당해 주었다. 내게는 가공된 세계가 더 아름답고, 눈앞에 펼쳐진 세계는 남루했다. 누군가 만들어 낸 세계 안에 있을 때 가장 행복했다. 언제나 떠나 본 적도 없는 집에 유배당한 기분이었으므로.

그렇다고 실제 내 눈앞에, 내 앞에 놓여 있는 곳들을 사랑하지 않은 것은 아니었다. 친구들의 웃음, 음악실까지 태워 주던 수위 아저씨의 트럭, 그 뒤에 실려 바라보던 풍경, 야자 시간에 뛰쳐나와 운동장에서 왁자지껄 눈싸움을 하던 기억들. 그것들을 나는 기꺼이 사랑했다.

하지만 그렇게 시간을 보내고 집으로 돌아오면, 그 모든 기억은 내 것이 아닌 듯했다. 다른 누군가가 주인공인 이야기에 한 페이지 정도 끼어들었다가 빠져나온 것만 같아 나는 또 갈 곳을 잃고 말았다.

살면서 그때만큼 막막했던 적은 없었다. 무엇이 되고 싶은지도 모르겠고, 내 삶에서도 내가 주인공이 아닌 기분이었다. 그렇게 고3이 됐다. 입시 상담을 하면 선생님은 그냥 수능 성적에 맞춰서 어느 과든 상관없이 국립 대학교로 지원하라고 했다. 선생님의 심드렁한 표정에서 내가 어떤 세계에 속한 사람이 되고 싶은지 서둘러 결정해야 한다는 조바심이 일었다.

어찌 보면 고3이 되기 전에 진작 이루어졌어야 할 고민이었을 것이다. 그제야 내가 진로 고민을 한 데에는 여러 이유가 있었다. 그해, 나는 주변에 있는 이들의 죽음을 유달리 여러 번 겪었다. 그들은 모두 스스로 자신의 죽음을 택했다. 그 일련의 일들은 내게 죄책감을 주었다. 그리고 지금보다 행복해질 수 있는 세계를 필사적으로 찾아야 한다는 강박을 심어 주었다.

『호밀밭의 파수꾼』에 등장하는 '홀든'은 아이들이 호밀밭에서 떨어지지 않도록 지켜 주는 파수꾼 같은 사람이 되는 게 꿈이라고 했다. 나도 그냥 파수꾼이 되고 싶었다. 하지만 '장래 희망'란에 파수꾼이라고 적을 수 있는 것도 아니고, 파수꾼이 되는 방법이 있는 것도 아니고…… 막연하기는 매한가지였다.

딱히 어느 것에도 발붙이지 못하고 생각만 무수히 많던 나는 결국 고3 2학기 때까지도 무엇이 되고 싶은지 정하지 못했다.

그러다 문득 글 쓰는 일을 하고 싶다고 생각했다. 처음으로 확신이 들었다. 그 안에 있으면 내가 행복할 것 같다는. 난생처음 잘 어울리는 옷을 찾은 느낌이었다.

그렇게 수능을 석 달 앞두고 알음알음 소개받아 문예창작 학원에 다니게 되었다. 선생님은 내게 재능이 있지만 너무 늦게 학원에 왔다고 했다. 서울에 있는 대학교를 지원하되 정시로 실기 준비를 해야 하니 문예창작학과 두 곳과 영화과 한 곳에 원서를 넣는 것이 어떻겠느냐고 물었다. 고민할 것도 없이 그러겠다고 했다.

부모님께 서울에 있는 대학교 시험을 보겠다고 얘기하자, 아빠는 전적으로 반대했다. 아빠는 내가 서울로 가는 것을 완전한 이별처럼 생각하는 것 같았다. 무엇보다 내 선택을 불신했다. 갑자기 글을 쓰겠다니. 갑자기 서울에 가겠다니. 아빠는 내게 "넌 재능이 없다."고 말했다. 정확히는, 재능이 없긴 않지만 그것은 여타 다른 사람들이 갖고 있는 정도의 재능이라 "특별한 게 아니다."라고 얘기했다. 나는 학원 선생님이 내게 재능이 있다고 말했다며 대꾸했지만, 아빠는 그런 게 바로 상술이라고 했다. (시간이 지나고 나서 아빠의 이런 염세적인 사고방식은 내게 웃음을 주지만 그 당시엔 들어 본 말 중 가장 슬픈 얘기였다.)

아빠는 내 위치를 그 어디에도 놓지 않았다. 글을 쓸 수 없는 사람으로 분류했다. 내가 평범한 한 사람만큼의 몫을 하기만 해도 다행이라고 생각하는 것 같았다. 평범하게 산다는 게, 남들하는 만큼 산다는 게 왜 이렇게 어려운 건지 궁금했다. 부지불식간에 호밀밭의 언덕에서 떨어져 그대로 낙오자가 될 것만 같았다. (지금도 나는 한 사람이 무사히 성인으로 자라는 일 자체가 기적 같은 일이라고 생각한다. 그리고 그 모든 서사는 절대 평범할 수 없다.)

살면서 한 번도 소속감을 느껴 본 적이 없는데 어딜 어떻게 찾아가서 평범함을 가장해야 하는지 머리가 복잡했다. 나한테 뭔가 문제가 있는 게 아닐까 싶기도 했다. 그래서 해 보고 싶었다. 처음으로 하고 싶은 일이 생긴 거니까. 아빠의 말이 틀렸다는 것을 보란 듯이 증명해 내고 싶었다. 나를 가장 잘 아는 사람은 나라는 것을 보여 주고 싶었다.

수능이 끝난 겨울 방학, 대부분의 친구들은 당장 눈앞의 과업이 끝났다는 해방감을 만끽하는 것처럼 보였다. 하지만 내게는 실기 시험이 남아 있었다. 아빠는 나를 서울로 데려다줄 생각이 전혀 없었으므로 내가 알아서 서울까지 시험을 보러 가야 했다. 실기 시험은 대개 오전에 치러졌기에 전날 미리 근처에 묵었다가 시험을 보는 학교로 찾아가야 했다.

첫 실기 시험은 중3 때 서울로 전학 간 친구 혜영에게 도움을 받을 수 있었다. 혜영이 본인의 집에서 하룻밤 자고 시험을 보러 가라고 말해 주었다. 나는 혜영과 꽤 친한 사이였지만 그래도 신세를 진다는 것이 껄끄러워 최대한 저녁때 서울에 도착했다. 강남고속버스터미널로 마중 나온 혜영과 함께 난생처음 지하철을 탔다. 당시 광주에는 지하철이 개통될 것이라는 이야기만 몇 년째 들려올 뿐, 아직 공사도 하기 전이었기 때문에 지하철을 탄 것은 그날이 처음이었다.

지하철 3호선이 지상으로 나와 한강의 야경, 수면 위로 반짝이는 건물 조명, 그 옆 도로를 이동 중인 자동차 전방의 노란 불빛과 후방의 붉은 불빛의 대조를 보란 듯 펼칠 때의 광경이란.

나는 창에 붙어 서서 "스카치 캔디 같아 보인다." 중얼거렸다. 혜영은 여러 번 본 풍경일 텐데도, 저도 신기하다는 듯 지하철 창문에 함께 코를 바짝 갖다 대고 한강을 감상했다.

혜영의 집은 동대문 쪽이었는데, 지하철에서 내려 버스로 환승을 해서도 다시 마을버스를 타고 들어가야 했다. 서울로 이사한 혜영의 집을 처음 본 나는 굉장히 놀랐다. 지금은 기름보일러가 가스나 전기보일러로 대체되며 찾아보기 힘들어졌지만 당시 혜영의 부모님은 가정집 기름보일러에 기름 배달하는 일을 하셨다. 석유, 등유 탱크로리 배달 스티커가 붙은 조그마한 가게 그리고 그 옆에 붙은 낡은 문이 삐걱거리는 단층 주택이 혜영의 집이었다.

광주에서 혜영은 꽤 잘사는 동네의 브랜드 아파트에 살았던 터라 서울에 있는 혜영의 집이 쉽사리 적응이 되지 않았다. 좁은 거실에 방이 두 개인 집이었는데, 환대받는 느낌보다는 하룻밤 자고 얼른 나가는 것이 폐를 덜 끼치는 일이겠다 싶었다. 게다가 두 살 터울의 혜영의 오빠는 걸핏하면 혜영을 때려서, 그럴 때마다 내가 찾아가 따지곤 했다. 그러니 오랜만에 만났음에도 그를 마주하는 것은 딱히 내키지 않는 일이었다.

혜영은 드럼을 전공하고 싶어 드럼 입시를 준비하고 있었다. 혜영의 진로도 집안에서 환영받지 못하고 있었다. 아마도 나와 엇비슷한 이유였을 것이다. 적당한 재능으로 뭔가를 시도하는 것은 허황되어 보이니까. 미래가 담보된 선택이란 없겠지만 최대한 안전해 보이는 선택을 할 수 있도록 돕는 것이 그들의 역할이라고 나의 아버지와 친구의 부모님은 믿고 있었다. 그러나 우

'08 12 20

리는 그들이 경험했던 세계와 전혀 다른 세계를 꿈꾸고 있었다.

실기 시험을 앞두고 있어서인지 혜영도 좀 침울해 보였다. 오래 떨어져 있으면 할 이야기도 자연스레 줄어드는 법이라 우리는 과거의 추억보다 미래에 대해 얘기를 나눴다. 혜영은 밴드의 드러머가 되고 싶다고 했고, 나는 뭐가 됐든 글을 써 보고 싶다고 했다. 3년 정도 떨어져 있는 동안 변화한 서로를 어떻게 응원해 줘야 할지 몰라 한참 말을 고르다 삼키고 말았다. 나는 혜영의 침대 밑에 누워 만약 내가 서울에서 살게 된다면 내 방의 크기는 얼마나 작을까, 살고 있는 공간의 크기가 꿈의 크기를 결정한다는데 그렇다면 내 꿈은 얼마나 작아지게 될까, 정도의 생각을 했다.

다음 날 아침, 혜영의 어머니가 차려 준 식사를 먹고, 과묵한 혜영의 아버지가 건네는 "광주에서 부모님이 걱정하시겠다. 잘해라." 정도의 격려를 들으며 집을 나섰다. 혜영의 어머니가 귤을 싸 주셨다.

시험은 제시된 문장에 맞춰 짧은 픽션을 구상해서 쓰는 것이었다. 시험지에 적혀 있는 문장은 도무지 한 번도 상상해 보지 못했던 종류였다. 좀 유치하다는 생각이 들기도 했다. 내가 쓰고 싶은 글을 쓰고 싶은데, 고작 문장 하나를 떼어서 잘 쓰는 것이 창작자의 역량인가 하는 반발심만 일었다. 그렇지만 어쨌든 제대로 된 글 한 줄 못 썼으니 모든 것은 변명이 될 뿐이었다.

시험을 보고 나온 학생들은 어딘가 자신만만해 보였다. 그들은 과연 어떤 글을 썼을지 궁금했다. 이상한 표현이라는 것을 알지만, 내 상상의 세계가 읽지 않은 그들의 세계에 패한 것만 같았다. 나는 코가 쑥 빠져선 터미널까지 갔다. 내 재능은 광주의 고등학교에서, 광주의 작은 학원에서 칭찬받을 만한 정도에 불과했는지도 모른다. 글을 쓰겠다고 하는 사람들 중에는 작가의 딸도 있을 테고, 각종 문학상을 휩쓴 학생도 있을 테니까. 나야 뭐…… 그 누구도 기대하지 않는 사람이었다.

두 번째 학교 시험은 같은 학원에 다녔던 미애랑 B랑 함께 갔다. 셋이 학교 앞 모텔에서 하룻밤을 자고, 시험을 보기로 했다. 차를 타고 가는 길에, B가 갑자기 그 이야기 아느냐며 어떤 선생님의 이야기를 꺼냈다. 농담조였고 별생각 없이 꺼낸 말이었다. 어느 학교에서 선생님 한 명이 댐에 투신했는데, 그 영혼이 학교 화장실에 머물러 있어서 화장실에서 그 귀신을 본 학생들이 있다는 얘기였다. B는 시종 천진한 어투로 말했다. 누구에게는 그저 유치한 농담으로 치부할 수 있을 얘기였지만 나는 그럴 수 없었다.

다른 사람의 죽음을 그렇게 농담처럼 꺼낼 수 있는 것은 슬픔을 겪어 본 적이 없기 때문이다. 그러나 죽음에 대해 쉽게 이야기하는 것을 살아남은 자의 특권처럼 소비하면 안 된다. 그렇게 되면 모두가 살면서 필연적으로 맞이하는 상실과 슬픔을 자신에게만 닥친 불행으로 생각해 버리게 된다. 지금도 선생님의 이야기를 쓰는 것은 망설여진다. 다만 선생님의 그 일은, 결국에 내가 글을 쓰고 싶다고 생각하게 된 커다란 계기가 되었기에 일정 조각을 떼어 얘기하려 한다.

선생님과 나는 다른 학생들보다 조금은 가까운 사이였다. 말 그대로 '조금'이라는 수식어를 붙일 수밖에 없는 그런 관계였다. 왜냐하면 나 역시 선생님이 왜 죽음을 택해야 했는지 그 이유도, 전조도 전혀 감지하지 못했기 때문이다.

고3 1학기 때의 일이다. 학교의 강제적인 야간 자율 학습을 도무지 견디지 못했던 나는 학원을 다니면 야자를 제외시켜 준다는 이야기에 뜬금없이 토익 학원을 등록했다. 그 학원에는 이미 수업을 듣고 있던 수학 선생님이 있었다. 젊은 여자 선생님이었던 그와 졸다가 필통을 떨어뜨리기 일쑤인 나는 그렇게 함께 학원을 다녔다.

선생님은 꽤 열심이었다. 왜 토익 수업을 듣는지에 대해서는 서로 묻지 않았다. 우리에게는 학교 밖, 둘만의 시간이 생긴 터라 시시덕거리며 잡담을 나누는 것만으로도 특별하게 느껴졌다. 음료수 자판기에서 캔 음료를 하나씩 뽑아 마시며 잡다한 고민 상담 같은 것도 나누곤 했다. 그렇게 시간이 흘렀고 얼마 지나지 않아 선생님이 학교를 결근했다.

주임 선생님은 선생님이 독감에 걸려 당분간 학교를 나오지 못한다고 했다. 하지만 곧 지역 신문에 선생님의 기사가 실렸다. 교무실에서 선생님들끼리 나누는 얘기를 우연히 듣던 나는 선생님이 낙동강 댐의 상류 부근에서 투신했다는 사실을 알게 되었다. 선생님들은 왜 숨기려고만 한 걸까. 적어도 조문 정도는 할 수 있도록 했어야 하는 게 아닌가 화가 났다. 아무 일 없었다는 듯 과일을 먹으며 대화를 나누던 선생님들을 볼 때 그들에게서 더는 어떤 것도 기대할 수 없겠다는 생각이 들었다. 가십거리를 대하듯, 본인에게는 절대 일어나지 않을 일이라는 듯 철저히 무감한 그들의 태도에서 기인한 환멸이었던 것 같다.

그러나 무엇보다 가장 참기 힘든 대상은 내 자신이었다.

학교 밖에서 편하게 농담을 주고받던 것과는 달리, 나는 한 번도 선생님의 수업을 제대로 들은 적이 없었다. 몰래 이어폰을 꽂고 자리만 차지하고 앉아 딴생각을 했다. 친구들도 다른 교과 공부를 하거나, 인터넷 강의를 듣거나 하는 식이었다. 아무도 집중하지 않는 그 분위기는 누구나 감지할 수 있을 정도였다. 선생님도 어느 순간부터는 우리를 지적하길 포기하고 혼자 수업을 이어 갔다.

선생님이 죽음을 택한 데에는 여러 이유가 있었겠지만 어느 것 하나 확실하지 않았다. 그러나 그 죽음에 내가 일조한 것 같다는 생각을 지울 수 없었다.

당연히 부풀린 해석이라는 것도 안다. 그러나 그때 겪었던 여러 죽음들 사이에서, 나는 내가 저주의 원흉이 아닐까 생각했다. 토익 학원 수업이 시작되기 전 음료수를 건네던 선생님의 얼굴과 우리끼리 시시껄렁한 이야기를 나누던 시간. 친밀해졌다고 여겨졌던 찰나의 사소한 웃음들이 한순간에 사라져 버렸다. 말도 안 되는 생각이지만 내가 다르게 행동했더라면 결과가 바뀔 수는 없었을까 하는 생각도 했다.

그 후 나는 등교해서 3교시까지 내리 엎드려만 있었다. 선생님들도 깨우다 지쳐 나를 내버려 두었다. 지금 생각해 보면 그 와중에도 꾸역꾸역 학교를 다닌 게 신기할 정도다.

사실 혼자 있는 게 무서워서 북적대는 교실에 앉아 있었던 것 같다. 그러나 고등학교를 졸업하고선 이제 어디에 앉아 있어야 할지 막막했다. 그래서 글을 쓰겠다고 생각했다. 대단한 작가가 되고 싶다거나 주목받는 글을 쓰고 싶었던 것이 아니라 나를 이해해 줄 수 있는 가장 안온한 세계에 속하고 싶었다. 내가 항상 의탁하던 그 세계 속으로.

이후의 일들은 단편적으로 생각난다. 정작 시험을 보는 당일 늦잠을 자는 바람에 택시 타고 시험장에 향하던 아침. 내 자신이 한심하게 느껴진다고 기사 아저씨에게 얘기하자 기사 아저씨는 더 크려고 잠이 많은 거라고 얘기했다. 아저씨의 위로에 기분이 나아져 "성장판도 닫혔을걸요."라고 답했다. 그러자 아저씨는 아니라고, 아직 한창때라며 더 클 거라고 호언장담하듯 웃었다. 앞으로의 모든 게 잘될 것만 같은 웃음이었다.

실기 시험을 다 마치고 수험 결과를 기다렸다. 수험 결과가 하나둘씩 나왔다. 합격한 친구들과 합격 통보를 받지 못한 친구들 간의 희비가 갈렸다. 나는 예비 번호를 받고 집에만 있었다. 심지어 졸업식도 가지 않았다. 여전히 아빠와는 한마디도 하지 않는 상태였다. (고등학교 체육복 차림으로 맨날 집 안을 불안하게 서성거리던 당시 내 모습을 엄마는 지금도 잊을 수 없다고 한다.)

그러던 어느 날 영화과에서 연락이 왔다. 혼자 가서 시험을 친 학교였다. 오늘 등록할 수 있겠느냐는 전화에 앞뒤 잴 것도 없이 그러겠다고 얘기했다. 당장의 융통 가능한 돈이 없었던 엄마가 친구에게 돈을 빌려 등록금을 입금하면서, 지난했던 대학 입시가 마무리되었다.

추가로 합격한 터라 기숙사 지원 신청 기간도 끝나 있었다. 서울에 집을 구하러 가야 했는데, 엄마도 가게 때문에 집을 보러 가 줄 형편이 되지 않았다. 결국 서울에 있는 대학교에 합격한 친구의 아버지가 알아본 고시원에 친구와 함께 들어가기로 했다.

서울로 내 짐을 옮겨야 할 때까지도 아빠와 나는 냉전 중이었다. (우리는 고집이 센 것도 똑같았다.) 엄마는 엄마의 친구 은주 이모, 정확히는 은주 이모의 남자 친구 차를 대동해 짐을 실었다. 컴퓨터 본체와 모니터, 옷가지들, 책들. 잡다한 짐들이 승용차에 빼곡하게 실렸다. 타지에서 혼자 지내게 된다는 막막함, 아빠와 결국 화해하지 못하고 가게 된 것, 가는 날까지 또 누군가에게 신세를 진다는 생각. 결국엔 엄마가 아쉬운 소리를 했겠지 싶어 마음이 복잡하게 뒤엉켰다.

　엄마와 은주 이모 그리고 은주 이모의 남자 친구가 짐을 내려주었다. 고시원 방은 네 명이 같이 한곳에 들어갈 수 없었다. 정확히는, 네 명이 들어갈 수는 있는데 나가려면 가장 바깥에 있는 사람이 먼저 나가야 안에 있는 사람들이 차례로 나갈 수 있는 구조였다. 고시원 이름은 '웰빙 고시텔'이었는데, 이게 정말 웰빙이라고 할 수 있는 곳일까 싶었다. 세간이라고 할 수도 없는 얼마 되지도 않는 짐들로도 금세 방이 꽉 찼다. 엄마는 방에 창문이 없는 게 가장 속상하다고 했다. 나는 다음 학기에 기숙사에 들어가면 된다며 심란해하는 엄마를 위로했다. 세 명이 차근차근 나간 그 방에 비로소 혼자 남겨지자, 내가 혼자가 되겠다고 여기에 와 있는 건가 싶어졌다. 이제 정말 새로운 막을 맞이해야 했다.

　고시원의 방은 방음이 잘 안 되는지, 옆방의 텔레비전 소리가 희미하게 들려왔다. 당연히 전화도 안에서 하는 게 민폐겠다 싶었다. 건물 밖에 나와서 통화를 하려고 보니 누구에게 전화를 해야 할지 알 수 없는 기분이었다. 나는 핸드폰을 손에 들고 밖에서 서성였다. 지금 내가 여기 있는 것은 누군가의 희생을 딛고 올라선 것만 같았다.

방에서 짐을 정리하고 있는데, 광주에 도착한 엄마에게 전화가 왔다. 헤어진 지 고작 몇 시간이 지났을 뿐인데 서로의 안부를 묻다가, 엄마는 사실 점을 봤다는 얘기를 꺼냈다. 갑자기 무슨 점 얘기냐고 물었더니 흔쾌히 서울로 가라고 말했던 엄마도 사실 불안감에 점집에 찾아갔던 것이었다. "그래서, 뭐랬는데?"라는 나의 물음에, 엄마는 "점쟁이가 딸을 무조건 서울로 보내라 했어. 네 기운이 강해서 서울이 뒷걸음칠 사주래."라고 말했다. 그 말을 듣고서 나는 전화기를 바짝 대고 작게 얘기하던 것도 잊고, 큰 소리로 웃었다. 엄마도 나를 따라 웃었다.

며칠 차이로 친구가 옆방에 들어왔다. 혼자가 된다는 기우에 두려웠던 것도 잠시, 나는 새로운 것들에 둘러싸여 이내 미안할 만큼 행복해졌다. 그래서 자주 웃고, 자주 울었다.

12년이 지난 지금도 우리 집은 과일 가게를 한다. 무른 귤을 골라내는 일은 이제 내 담당이 아니다. 때마다 광주에서 과일을 보내 주는 덕에 여전히 과일은 실컷 먹는다. 보낸 이에 아빠의 이름이 수기로 적혀 있는 박스에서 과일을 꺼내 냉장고에 집어 넣다가 아빠가 그리고 엄마가 과일을 진열하고, 파는 모습을 떠올린다.

지금은 서울에 있는 이곳을 집이라고 하는 것에 익숙해졌다. 서울에서 나는 다섯 번쯤의 이사를 거쳤다. 여전히 서울 지리에 어둡고, 지하에서 지상으로 통과할 때 열차 창밖을 보는 것을 좋아한다. 그리고 서울이 언제 내게서 뒷걸음질 칠지에 대해서도 종종 생각한다.

혜영은 대학을 자퇴하고 다른 진로를 찾는다는 소식을 마지막으로 연락을 주고받지 않게 되었고, 웰빙 고시텔에 함께 살던 친구와도 점점 소원해지다 연락이 끊어졌다. 영원할 줄 알았던 관계가 지속되지 않을 수 있다는 것을 배웠고 변하는 관계 안에서 좋은 사람들을 사귀게 되는 기쁨도 알았다. 나도, 다른 사람도 같은 자리에 머물지 않는다는 것도.

내 인생뿐 아니라 친구들의 삶 또한 예상과 전혀 다른 방향으로 흘러가는 모습을 보며, 시간이 쌓인다는 것은 과거의 상상을 비로소 눈으로 확인할 수 있어서 즐거운 일이기도, 때로는 서글픈 일이라고도 느꼈다. 영화를 하는 것 외에 다른 곳에 있는 나를 상상하긴 어렵지만 가끔 영화를 만드는 일이 아니라 소설을 쓰는 일을 업으로 삼았다면, 인생이 또 어떻게 달라졌을까 하는 궁금증이 들기도 한다. 후회라기보다 깨끗한 궁금증이다.

여전히 나는 문학과 영화를 가장 좋아한다. 다만 지금은 그

속에 빠져 있느라 놓쳤던 것들을 생각한다. 돌이킬 수 없는 웃음들과 풍경들, 슬픔들에 대해. 그래서 이제는 현재의 삶을 후순위로 두지 말겠다고 생각한다. 물론 마음처럼 잘되는 것은 아니지만 늘 도망치고 싶기만 했던 내게 택시 기사 아저씨의 "크려고 그런다."는 웃음은 어쩌면 예언과도 같았는지도.

나는 길고 지난한 성징통을 겪고 자라났다. 그리고 그것이 내게만 해당되는 성장통이라고도 생각하지 않는다.

지금 내가 터널을 완전히 빠져나왔다는 의미는 아니다. 가와바타 야스나리의 소설 『설국』의 '국경의 긴 터널을 빠져나오자 설국이었다.'라는 첫 문장처럼, 터널을 빠져나오면 완전히 풍경이 바뀔 수 있는 게 삶이라면 훨씬 명료하겠다 싶다. 하지만 삶은 달리는 열차의 창밖 풍경에 더 닿아 있는 것 같다. 아파트 숲이 줄지어 펼쳐지다가 이내 누런 논밭의 곤포 사일리지가 흰 마시멜로처럼 쌓여 있는 풍경으로 이어진다거나, 열차가 역에 잠시 정차했다가 출발하니 어느 순간 바닷가가 보이기도 하는 풍경들 말이다. 기나긴 여정의 열차에 탑승한 것이 삶이라면, 불안해하지 않아도 계절이 바뀌고 풍경이 바뀌고 계속해서 전진할 거라고 얘기하고 싶다. 그러니 너무 걱정하지 말라고. 다음이나 다다음 역 즈음 만나면 우리가 서로의 파수꾼이 되어 이건 다 크려고 그러는 거라고, 웃어 주길.

그때의 나는 즐거운 여행이 되라며 주머니에 있는 귤을 꺼내 건네주겠다.

열아홉, 윤단비에게

　안녕하세요, 윤단비입니다. 존댓말로 편지를 씁니다. 대단한 조언이나 위로의 이야기를 할 수 없기 때문입니다. 저는 전보다 덜 울고, 덜 웃는 사람이 되었습니다. 감정의 고저가 완만해졌는데, 안정적인 사람으로 변하고 있다는 의미인 것 같아 안도가 되기도 합니다. 다른 사람들의 고통을 조금 더 이해할 수 있게 되었고, 내 슬픔을 본인의 아픔처럼 생각해 주는 사람들도 많이 생겼습니다.

　아마 가장 궁금한 것은 '십여 년의 시간이 지난 윤단비'가 어떻게 살고 있는지에 대한 것이리라 생각하는데요. 미래를 알면 삶의 재미가 반감될 수 있기에 세세한 이야기는 하지 않겠지만 '푸코'라는 턱시도 무늬의 고양이와 가족이 되어 살고 있고, 지금도 그 고양이가 편지를 쓰는 것을 방해하고 있다는 이야기만 전하겠습니다. 의외죠?

　최근에는 엄마가 조금 아프기도 했습니다. 지금은 괜찮아졌고요. 병원을 지키며, 가족이라는 게 결국 삶의 조각들을 서로 나눠서 짊어질 수밖에 없는 존재들이라는 생각을 했습니다.

저는 가족보다 더 가까운 사이니 삶의 기쁜 조각들도 슬픈 조각들도 우리는 함께 나눌 수밖에 없는 사이입니다. 그러니 감당하기 힘든 슬픈 일들은 제 앞으로 달아 놓고, 누군가 언덕에서 떨어질까 전전긍긍하는 대신 좀 더 관대하게 삶을 즐겨도 괜찮다고 얘기하고 싶습니다.

편지를 쓰고 있자니 저도 '10년 뒤의 윤단비'에게 편지를 받고 싶은 마음이 드는데요. 궁금하기도 하고, 기대도 됩니다. 아마 편지를 받기만 해도 기쁜 마음일 것이라 생각합니다.

편지를 쓸 수 있게 해 주어서 고맙다는 이야기를 전하며, 언젠가 또 삶의 변화들을 적어 편지 드리겠습니다.

✻

세상에 홀로 있다는 외로움과 절박함으로 끝이 보이지 않는
터널을 걸어가던 한 사람이 내 주변에 있었는지도 모른다.
눈 내리는 풍경에 환호하던 밤, 세상 어딘가에는
비밀이 아니어야 할 일들이 비밀스럽게 쌓여 가고 있었다.

둘만의 것이 아닌, 두 사람의 비밀

김예원

김예원

사회적 소수자와 연대하는 일을 직업으로 삼은 변호사이자 활동가.
세 아이를 기르며 장애인권법센터에서 일하고 있다.
겨울에 태어나서인지 겨울을 가장 좋아한다. 첫눈을 기다리며 올해에도
봉선화 물을 들였다. 『누구나 꽃이 피었습니다』 『이상하지도 아프지도 않은 아이』
『상처가 될 줄 몰랐다는 말』을 썼다.

그 버스를 타지 말았어야 했다

　강원도의 작은 도시, 아니 도시에서도 조금 벗어난 외곽 시골 마을에 사는 중학생 아이는 두 가지 교통수단을 이용해서 시내로 갈 수 있었다. 자동차 아니면 시내버스.

　집에 차가 한 대뿐이고 엄마 아빠가 모두 직장을 다니셨기에 버스는 학교와 학원에 가기 위해 꼭 필요한 나의 발이었다. 워낙 시골이라 집 근처까지 오는 버스는 하루에 고작 세 대. 새벽에 한 번, 점심에 한 번, 저녁에 한 번이었다. 굽이굽이 돌아가는 그 버스를 타고 시(市) 언저리에 내려 다시 버스를 두 번 더 갈아타야 내가 다니는 중학교에 도착했다. 편도로만 한 시간 반이 걸리는 등굣길의 고단함이 켜켜이 쌓여 버티기 어려울 즈음 반가운 겨울 방학을 맞았다.

방학이라도 학원은 피할 수 없는 것이 대한민국 청소년의 숙명. 그래도 주5일 반드시 가야 하는 학교와는 달리 학원은 일상의 작지 않은 즐거움이었다. 친한 친구들 예닐곱 명과 한 반을 이뤄 교과 수업을 들었던 터라 힘들어도 충분히 견딜 만했다. 물론 시골집에서 시내 학원까지 가려면 역시 한 시간 정도 버스를 타야 했지만, 새벽 버스를 절대 놓치지 말아야 한다는 부담이 없었고 버스도 한 번만 갈아타면 되었기에 그것만으로 훨씬 더 삶이 수월해진 느낌이었다.

학원이 끝나고 혼자 집으로 가는 버스 정류장까지 걸어가기에는 거리가 꽤 멀었다. 때문에 학원 공부를 마치면 그 정류장에 도착하기 위해 다른 버스를 탔다. 그날도 학원에서 나와 바지런히 버스 정류장으로 향하던 길이었다. 마침 저쪽에서 다가오는 버스가 보였다. 매직 아이로 보듯 멀리서 숫자를 확인하니 내가 가야 하는 정류장까지 한 번에 가는 버스였다.

사실 꼭 그 버스를 타지 않더라도 선택지는 많았다. 버스가 자주 왔기 때문에 뛰어야 할 필요까지는 없었다. 하지만 그때

나 지금이나 잘 기다리지를 못하는 급한 성격의 나는 체력 테스트라도 하듯 전속력으로 달려 기어이 그 버스를 탔다.

헉헉대는 숨을 가라앉히고 몇 정거장을 지나 멍하니 창밖을 바라보았다. 달리던 버스가 신호에 걸려 멈춘 사이, 어슴푸레 눈에 들어오는 광경에 두 눈이 번쩍 뜨였다. 새로 생긴 '반짝반짝 노래 연습장' 간판 아래 낯익은 이들이 보였다. 같은 학원에 다니는 동갑내기 아이가 고구마 샘과 깔깔 웃으며 손을 잡고 노래 연습장 지하 계단에서 걸어 나오고 있었다. 같은 학교에 다니는 아이는 아니었고 학원에서도 서로 다른 반에서 공부하기에 말을 나눠 본 적은 없었다. 하지만 새초롬한 눈에 앙다문 입이 왠지 단호하면서도 슬퍼 보여서 오며 가며 눈에 들어오던 아이였다.

고구마는 학원의 수학 선생님이었다. 얼굴이 거뭇하고 울퉁불퉁해서 우리가 몰래 부르던 별명인 '고구마'를 어느 날 우연히 듣더니, 본인도 그 별명이 마음에 든다고 아예 수학 샘이 아닌 고구마라고 대놓고 부르라던 특이한 선생님이었다.

고구마와 그 아이가 지하 계단에서 올라와 인도에 올라서더니 잡았던 손을 놓고 살짝 떨어진 채 같은 방향으로 걸어갔다. 신호가 바뀌고 버스가 스르륵 다시 출발하자 내 머릿속이 복잡

해졌다.

'쟤가 저렇게 웃을 수도 있는 애구나. 그런데 고구마는 왜 저기 저러고 있는 거지?'

다음 날 학교와 학원 통틀어 제일 친한 베프에게 내가 어제 본 광경에 대해 조심스럽게 털어놓았다.

"아~ 너 미영이 말하는 거지? 머리 까맣고 얼굴 하얀 애?"

"어, 맞아. B반에 있는 애 말이야."

친구는 그 아이와 종종 이야기를 하던 사이였기에 혹시라도 내가 이런 말을 전하는 것이 괜찮을지, 좀 이상한 기분이 들었다. 그런데 친구는 별일 아니라는 듯이 "나도 지난번에 걔 엄마랑 고구마랑 같이 있던 거 봤는데?"라고 답했다.

"걔 엄마랑 고구마가 같이 있었다고?"

그래. 엄마랑 같이 있는 것이면 괜찮겠지. 그런데 고구마가 걔 엄마 친구인가? 고구마가 우리 엄마보다 열 살도 더 젊을 것이 분명하기에 미영이 엄마랑 고구마도 친구 사이는 아닐 텐데 싶었지만, 왠지 어른들끼리 같이 있었다고 하니 안심이 되었다.

볼펜 심을 먹었대

그날 이후 학원에서 만나는 그 아이, 미영이를 볼 때마다 괜히 유심히 보게 되었다. 나와 내 친구들은 A반, 이른바 '특목고 반'이었고, 그 아이는 '일반고 진학반'인 B반이었기 때문에 자주 볼 수는 없었다. 그래도 간혹 그 아이를 만나게 될 때면 특히 표정을 눈여겨봤다. 미영이는 대체로 아무 말 없이 조용히 혼자 있는 편이었다. 깔깔대고 소리치며 뛰어다니는 나와는 전혀 다른 모습이라 볼 때마다 약간 신기했다.

하루는 친구들과 쉬는 시간에 아이스크림을 사 먹기로 했다. 후딱 학원 밖으로 나갔다 오려고 복도를 걷는데 B반의 교실 문이 열려 있었다. 한눈에 미영이가 보였다. 두 손을 모아 안고 머리를 푹 박은 채 가만히 있었다. 어깨가 살짝살짝 흔들리는 것이 얼핏 보기에도 심상치 않은 분위기였다.

학원을 빠져나와 슈퍼로 가면서 친구들에게 물었다.

"야, 아까 B반에 미영이 봤어?"

"왜?"

"나올 때 보니까 우는 것 같던데?"

"우는 거 아니고 쪽팔려서 그럴걸?"

"왜 쪽팔리는데?"

"오늘 학교에서 엄청 깨졌거든."

미영이와 같은 학교에 다니는 친구의 말이었다.

"걔 오늘 선생님 앞에서 볼펜 심을 먹었대."

"볼펜 심? 그걸 왜 먹어?"

친구들은 수업 시간에 볼펜 심을 왜 먹느냐며 어이없어하다가 깔깔 웃었다.

이야기를 들어 보니 미영이가 절친과 몰래 쪽지를 주고받다가 선생님한테 딱 걸렸다고 했다. 그 비밀 쪽지는 돌돌 말아 볼펜 심처럼 가늘고 길게 만들어서 볼펜에 넣어 전달되고 있었다. 수업을 하던 선생님이 이 광경을 보았고, 자꾸 이쪽에서 저쪽으로 똑같은 볼펜이 왔다 갔다 하니까 그 볼펜을 앞으로 가지고 나오라고 한 것이었다.

하지만 진짜 문제는 그다음에 일어났다. 선생님이 돌돌 말린 종이를 볼펜에서 꺼내는 순간, 갑자기 미영이가 교탁으로 달려 나갔다. 평소 조용하기로 소문난 아이였기에 모두 어리둥절한 채 미영이를 바라보았다. 미영이는 선생님 손에서 그 종이를 낚아채고는 순식간에 입 안에 넣었다. 아이들은 전혀 예상치 못한 상황에 얼음이 되었고 선생님은 굉장히 화가 나서 옆 교실까지 울릴 만큼 쩌렁쩌렁 큰 소리로 혼을 냈다. 뱉으라고 아무리 말해도 미영이가 뱉지 않자 선생님은 출석부로 미영이 머리를 쾅쾅 내리치기도 했다.

미영이는 선생님에게 혼이 나는 중에도 입에 물은 쪽지를 뱉지 않고 끝까지 버티다가 선생님이 나간 뒤에야 쓰레기통에 뱉었다고 한다. 아니나 다를까, 그 일은 쉬는 시간에 옆 반, 옆의 옆 반으로 순식간에 퍼졌고 미영이는 '볼펜 심 먹은 아이'로 소문이 난 것이었다.

"웩, 더러워. 그딴 걸 왜 먹어?"

아이스크림을 빨아 먹던 친구가 표정을 일그러뜨렸다.

"그걸 먹고 있으면 입 안이 이렇게 되는 거냐?"

죠스바를 먹던 친구가 시커멓게 변한 혓바닥을 날름 내밀자 우리는 "짜증 나!" 하면서 다 같이 질색을 했다.

그날 밤 잠을 자려는데 낮에 들었던 이야기가 다시 생각났다. 그런 엄청난 일이 있었다니. 도대체 무슨 말이 쓰여 있었길래, 미영이는 쪽지를 입에 넣기까지 했을까?

너만 아니었어도

그 후 얼마 지나지 않아 학원에 고구마가 보이지 않았다.

고구마는 학원 오픈 때부터 합류해서 꽤 오랫동안 간판 강사나 다름없었다. 특히 중학생인 우리에게 두께만 봐도 질색했던 『수학의 정석』 숙제를 내주던 선생님이었다. 가끔 시시껄렁한 농담을 던지곤 해서 아이들이 고구마에게 야유를 보냈지만, 수업할 때는 짐짓 진지하게 가르쳐서 제법 인기도 있는 편이었다.

고구마가 학원에 나오지 않자 아이들 사이에서는 고구마가 아프다, 집에 무슨 일이 생겼다, 결혼한다고 한다, 나가서 새로운 학원을 차리려나 보다 등 다양한 소문이 퍼지기 시작했다. 그런 뜬소문들은 이른 아침에 내려왔다 금세 사라지는 안개같이 있다 없다 하다가 아이들의 관심사에서 자연스레 멀어졌다.

그러던 어느 날이었다. 난데없이 원장 선생님이 수업 시작 전에 들어오셨다. 원장 선생님은 고등학생을 가르치기 때문에 중학생 수업 시간에는 거의 원장실 밖으로 나오지도 않았는데 갑자기 우리 교실에 원장 선생님이라니?

어색한 인사를 건넨 뒤, 원장 선생님은 별안간 고구마 이야기를 꺼냈다.

"수학 선생님은 집안에 일이 생겨서 그만두신 거니까 쓸데없는 이야기들 말고 공부 열심히 하길 바란다."

고작 이런 이야기를 하려고 원장 선생님이 직접 우리 교실까지……? 뭔가 이상하다는 생각이 들었다. 다들 비슷한 기분이었는지 우리는 모두 별다른 대답 없이 입을 다물고 있었다.

학원 수업을 마치고 돌아가는 길, 친구들과 나는 괜히 부아가 나서 아까 그 장면을 다시 한번 곱씹어 보았다.

"고구마가 학원에 나오든 말든 우린 아무 상관도 없는데 원장까지 나서서 왜 호들갑이지?"

"내 말이! 잘못한 것도 없는데 혼난 기분이야. 억울하게."

그때 조용히 듣고만 있던 한 친구가 이런 말을 했다.

"근데 뭔가 싸~하긴 하다."

"왜?"

"고구마랑 같이 없어진 사람이 또 있거든."

"그게 무슨 소리야?"

"미영이인가 걔 있잖아. 요새 안 보이던데?"

잠시 무거운 정적이 흘렀다. 그러다가 다른 친구가 말을 꺼냈다.

"아, 맞다. 지난주였나 지지난 주였나, B반에서 싸움 났었잖아."

"무슨 싸움?"

"뭐, 싸움까지는 아니고…… 아무튼 걔가 어떤 애한테 얼굴 시뻘게져서 소리 지르던데?"

"미영이가 소리를 질러? 그 조용한 애가?"

나도 모르게 목소리를 높여 물어봤다.

"응. 그렇다니까? 나도 문제집 안 가져온 거 복사하러 사무실 들어가는 길이라 자세히는 못 봤는데 미영이가 큰 소리로 소리 지르는 건 들었어."

"진짜? 그런 일이 있었어?"

"뭐야 뭐야, 뭐라고 소리 질렀는데?"

이번엔 내가 먼저 묻지 않아도 친구들이 더 성화였다.

"뭐라더라…… 아, 너만 아니었어도! 이렇게 말했던 것 같아."

너만 아니었어도? 머리 위에 커다란 물음표가 둥둥 떠다니는데 갑자기 한 친구가 외쳤다.

"어? 눈이다!"

우리는 나누던 대화를 금세 잊은 채 송이송이 내리는 눈을 쳐다보았다.

지난겨울에 만난 한 의뢰인

"8년이나 지났네요."

시간이 흘러 2020년. 한 대학생이 몇 번이나 사무실에 찾아왔다고 한다. 걱정이 되어 전화를 해 보고 눈이 펑펑 내리는 날 만났다. 아직 청소년 태가 남아 있는 그 여성은 차분한 얼굴에 착 가라앉은 모습이었다.

8년이나 지난 일을 낯선 사람 앞에서 하나하나 꺼내는 것이 결코 쉬운 일은 아니었으리라. "이제는 정말로 벗어나고 싶어서 마지막 용기를 냈다."고 어렵게 입술을 떼는 모습에 벌써 고마운 마음이 들었다.

그가 가지고 온 진술서는 무거운 내용이었음에도 담담하게 서술되어 있었다. 중학교 때 학교 기숙사에서 생활하면서 겪어야 했던, 수학 교사에 의한 성착취 사건이었다.

"오랜 기간 동안 신고하지 못하다가 지금 신고하려고 하는 어떤 이유나 계기가 있었나요?"

"그게…… 아무리 앞으로 나아가려고 해도 이 일 때문에 계속 발목이 잡히는 느낌이라서요. 생각해 보니 제가 살아온 날들이 앞으로 살아갈 날들보다 훨씬 짧더라고요."

나는 고개를 끄덕였다. 지당한 말이라는 생각이 들었다.

그가 당해 온 범죄 사실을 추려 보니 대충 셈해도 스무 개가 넘었다. 수개월에 걸친 성폭력 중 특별히 기억에 남는 사건만 추린 것이었는데 막상 수사 기관은 난색을 표했다. 행위 하나하나마다 유죄를 입증할 만한 증거가 있어야 하는데 이런 사건의 특성상 증거랄 것이 피해자의 기억과 진술 외에는 거의 없기 때문이었다.

중학생인 아이가 보호자처럼 구는 학교 선생님에게 얼마나 저항할 수 있었을까. 선생님 손에 이끌려 임신 중절을 해야 했던 그 여성의 중학교 2학년 겨울 방학은 지금까지도 영혼 깊은 곳에서 까만색으로 감춰져 있었다.

정말 힘들 것이라고 신신당부하고 시작한 사건이었지만, 예상보다 더 힘든 과정이 그를 정면으로 뚫고 지나갔다. 그는 열시간이 넘는 수사 기관에서의 진술을 세 번이나 반복해야 했고, 그 진술들에 조금이라도 부합하는 자료를 찾으려 기억과 기록 사이를 헤맸다.

예상했던 일 중 특히 더 힘들었던 것은 가해자의 변명이었다. 가해자는 수사 기관에서 일관되게 '서로 사귀는 사이였다.'고

주장했다. 수사관은 사건 당시 이미 결혼해서 딸아이를 둘이나 둔 가해자가 자신이 가르치던 중학생 여자 청소년과 어떻게 사귀게 된 것인지 물었다. 그러자 가해자는 맥락 없는 사랑 타령을 반복하다가 급기야 수사 기관에 야설을 써서 제출하기 시작했다. 충분히 예상했던 가해자들의 전형적인 패턴이지만, 피해자와 나는 다시 한번 그 파렴치함에 혀를 내두르지 않을 수 없었다.

이제 와서 하는 말인데

얼마 전, 정말 오랜만에 중학교 시절 베프를 만났다. 서로 아이 낳고 키우느라 얼굴 볼 새를 만들지 못하다가 마치 '007 작전'을 방불케 하는 육아 탈출 계획을 세웠다. 각자 공동 양육자에게 아이를 성공적으로 인계한 후 만든 금쪽같은 만남이었다.

살아온 이야기, 요새 사는 이야기, 앞으로 살아갈 이야기를 나누다 보니 시간은 물 흐르듯 지나갔다. 그러다 문득, 계속 진행 중인 사건 때문인지 까마득한 옛날 생각이 났다.

"요즘 미영이는 어떻게 지내는지 알아?"

"미영이? 중학교 때 학원 같이 다니던 그 미영이?"

순간 친구가 말을 아끼듯 천천히 입을 열었다.

"벌써 20년도 넘었네……. 미영이랑 고등학교 때까지 연락하다가 그다음부터는 못 봤거든. 근데, 나도 나중에야 알았어."

"뭘?"

무슨 이유에서인지 어릴 적부터 엄마와 단둘이 지내던 미영이는 중학생이 되면서부터 혼자 해야 하는 것이 갑자기 많아졌다. 혼자 밥 먹기, 혼자 공부하기, 혼자 놀기. 미영이 엄마는 생계를 꾸리기 위해 식당에 나가서 밤늦게까지 일을 했다.

고구마의 집과 미영이의 집이 가깝다는 걸 누가 먼저 알았는지는 아직도 모르겠다. 고구마였을까, 미영이였을까. 학원 수업을 마치고 집으로 가던 길에 둘이 우연히 만나게 되었을까? 어쨌든 고구마가 미영이를 집까지 몇 번 데려다주었고, 그 길에 우연히 만난 미영이 엄마도 고구마와 인사를 나누게 되었다. 미영이가 잘 따르는 학원 선생님이라는 것을 알고 미영이 엄마는 고구마를 든든히 신뢰했다고 한다. 딱히 마음 붙일 곳이 없던 중학생 미영이는 고구마와 지내는 시간이 점점 많아졌다.

"엄마가 집에 거의 없으니까, 애를 잘 부탁한다고 따로 선생님한테 돈도 주고 그랬던 것 같더라고."

어디서부터 잘못되었을까. 미영이가 임신했다는 비밀을 알게 된 학교 친구가 미영이 엄마에게 그 사실을 알린 후 고구마는 학원에서 증발해 버렸고 얼마 뒤 미영이도 학원에서 볼 수 없게 되었던 것이었다.

"미영이는 정말 고구마랑 사귀었다고 생각했나 봐. 그래서 자기 일을 엄마에게 말한 애한테 '너만 아니었어도!' 이렇게 소리 지른 거였어. 지금 생각해 보면 가스라이팅이었던 거지."

다시 말이 없어진 우리 사이를 비집고 또 다른 사람이 내 머릿속에 스쳐 지나갔다. 진행 중인 사건의 그 여성이었다. 미영이와 그는 다르지만, 또한 결코 다르지 않았다.

세상에 홀로 있다는 외로움과 절박함으로 끝이 보이지 않는 터널을 걸어가던 한 사람이 내 주변에 있었는지도 모른다. 『수학의 정석』을 푸는 데 매달렸던 그 겨울 동안에도 누군가는 말 못할 혼자만의 고민을 겪고 있었던 것처럼. 눈 내리는 풍경에 환호하던 어느 밤, 세상 어딘가에는 비밀이 아니어야 할 일들이 비밀스럽게 쌓여 가고 있었다.

내 곁을 스쳐 지나간 미영이들에게

미영아. 이 편지를 네가 읽을 리 없다는 것을 알면서도 최근 피해자 대리를 통해 받은 형사 사건 판결문 내용을 보내 주고 싶었어. 피고인이 법정 구속된 사건이야.

"피해자의 피해 진술은 본질적인 중요한 부분에 있어서는 수사 기관에서부터 법정에까지 일관되고, 당시 상황에 관한 묘사가 구체적이고 분명하다. 피고인은 교육자로서 학생을 지도하고 보호해야 할 지위가 있음에도 반복적으로 추행했다. 그럼에도 불구하고 반성하지 않고 있고 납득하기 어려운 변명으로 일관하고 있다."

네가 겪어야 했던 일은 결코 너의 잘못이 아니라고 꼭 말해 주고 싶어. 네가 어디에 있든 그때의 네 모습이 마음 한쪽에 짐으로 웅크리고 있지 않길 간절히 바라.

❄

한 달 가까이나 되는 겨울 방학을 아버지와 단둘이
보내야 한다는 것은 가혹한 형벌이나 마찬가지였다.
아버지는 나보다는 해돌이를 그리는 일에 심취해 있었다.
나는 매번 비슷하고 똑같은 그림을 되풀이하는 게
어떤 의미가 있는지 이해할 수가 없었다.

절망과 구원의 동그라미

윤치규

윤치규

2021년 서울신문 및 조선일보 신춘문예에 동시 당선되며
작품 활동을 시작했다. 데뷔 후 현대문학, 악스트, 문장 웹진 등 문예지에
꾸준히 작품을 발표하고 있다. 앞으로도 지금처럼 평일에는 은행원,
주말에는 소설가로 살면서 아주 오랫동안 소설을 쓰고 작품을 보여 줄 수 있기를
희망하고 있다. 겨울에는 노점에서 파는 귤을 그냥 지나치지 못한다.

해가 뜨고 지는 게 지겨웠다. 중학생 때 나는 하루하루가 너무 재미없었고 똑같은 일상이 되풀이되는 게 괴로웠다. 학교 가는 게 지루했고 방과 후에 친구들과 피시방에서 노는 것도 시시하기만 했다. 어제도 비슷하고 오늘도 비슷하며 앞으로도 비슷한 나날이 수없이 반복될 거라면 차라리 모든 게 다 망해 버리면 좋겠다고 생각했다. 하지만 유성 충돌이나 밀레니엄 버그로 지구 종말이라도 올 듯 요란했던 20세기의 마지막 날은 너무나 평온하게 끝나 버렸다.

세상이 무너질 줄 알았던 나는 희망에 가득 찬 21세기의 태양이 떠오르자 정말 끔찍한 기분에 사로잡혔다. 그렇게 염세와 허무로 가득 차 있던 중2병 시기를 견딜 수 있게 도와주었던 것은 의외로 힙합이었다. 1999년과 2000년에 발매된 '대한민국'이라는 제목의 힙합 컴필레이션 음반은 그 시절 내게 한줄기 비상구였다.

지금은 〈쇼미더머니〉 같은 대중적인 힙합 오디션 프로그램이 있을 정도로 많은 사람이 힙합을 듣고 즐기고 래퍼의 꿈을 키우는 게 자연스러운 시대지만 그때만 해도 힙합을 좋아한다고 하면 왠지 사상이 불온하고 정서적으로 문제가 있는 불량 청소년으로 오해받곤 했다. 특히 '똥싼 바지'라고 불리는 헐렁한 힙합 바지를 입거나 체인 자물쇠 같은 걸 목에 매달고 다니면 어른들의 따가운 눈초리를 한 몸에 받아야 했다. 나는 그런 시선 따위 신경 쓰지 않았다. 누가 뭐라고 하든 허니패밀리, 리쌍, 드렁큰 타이거, (다이나믹 듀오의 전신인) CB MASS의 앨범을 귀에 꽂고 다니며 쉬는 시간마다 아무도 오지 않는 체육 자재실 창고와 옥상 계단 밑에서 친구 몇 명과 카피 랩을 연습했다.

사실 학교에서 별로 유명하지도 않았고 친구가 많은 편도 아니었으며 요즘 말로 하면 그저 '힙찔이'였을 뿐이지만, 나름대로 그때는 힙합이라는 문화 자체가 워낙 생소해서 복도에서 프리스타일 같은 걸 연습하고 있으면 오가는 이들의 이목을 끌었다. 특히 선생님들이 나를 크게 걱정했는데, 내가 좋아했던 노래 대부분이 사회 비판적이었고 가사는 음울한 내용이 주를 이루었기 때문이었다. 한번은 내가 복도에서 랩하는 모습을 보고 1학년 때 담임을 맡았던 음악 선생님이 교무실로 따로 불러낸 적이 있었다. 그때 불렀던 노래를 기억해 보자면, "천부인권이란 말은 거짓말"이고 "살아갈 힘이 없"으니 어서 "하늘 위로, 천국으로 가"라는 식이었다.

음악 선생님은 교무실에 나를 앉혀 놓고 조용히 물었다.

"하늘 위로 간다니. 저기 천국 문으로 간다니. 그게 도대체 무슨 의미니?"

당시 최고 인기였던 노래가 젝스키스의 〈커플〉이었던 걸 고려하면 내가 불렀던 노래 가사는 중년의 음악 선생님에게 퍽 폭력적으로 들렸을 것이다. 게다가 1학년 때까지만 해도 문학 소년이라 불리며 얌전하게 소설이나 읽던 학생이 갑자기 신들린 무당처럼 혼자 복도에서 헛소리를 중얼거리고 있으니…… 선생님으로서는 심히 걱정될 만도 했다. 그래도 음악 선생님은 최대한의 애정을 담아 따뜻한 율무차를 타 주며 힙합이 무엇인지, 그게 왜 그렇게 좋은지 이유를 물어봤다. 그리고 혹시 아버지의 증세가 더 심각해졌는지도.

"나빠질 것도 없고 좋아질 것도 없어요. 아버지는 늘 똑같아요. 근데 저는 이게 정말 너무 지겨워요."

그때는 뭐가 그렇게 지겨웠을까? 돌이켜 보면 그냥 하루를 살아가는 것 자체가 힘겨웠던 것 같다. 나아지지 않는 집안 형편이나 끊이지 않는 가정불화, 나아질 것 같으면서도 끝없이 원점으로 돌아오는 아버지의 병세. 책가방을 메고 학교에 가는 것도 힘들었고 친구들과 웃으며 나누는 인사나 온종일 교실에 앉아 공책 위를 스치는 샤프펜슬의 사각거리는 소음마저도 참아 내기에 버거웠다.

선생님은 내 이야기를 듣고는 걱정스러운 듯 고개를 끄덕이다가 그렇다면 힙합 동아리를 한번 만들어 보는 게 어떻겠느냐고 물었다. 정식 동아리로 승인받으면 음악실도 쓸 수 있으니 필요하면 주말에도 나와서 연습하라고. 지금은 뭔가 몰입할 수 있는 일이 필요할 것 같다고. 그렇게 해서 나는 졸지에 힙합 동아리의 회장이 되었다. 동아리 이름은 '나침반'이었다. 역시 당시에 즐겨 듣던 노래 제목을 따온 것이었다.

힙합 동아리 '나침반'이 정식 동아리로 인정받으려면 최소 여섯 명의 정원을 모집해야 했다. 믿기 어렵겠지만 그때는 정말로 전교를 통틀어 힙합 좋아하는 아이가 여섯 명도 되지 않았다. 게다가 나는 지향하는 방향이 나름 뚜렷했다. 언더그라운드를

추종했기에 아이돌 래퍼는 래퍼로 인정하지 않았고, 음악만을 고집했기에 춤을 추려는 아이는 받아 주지 않았다. 사실 그때는 만화책이라든지 비보이 비디오 등의 영향으로 힙합을 랩보다 브레이크 댄스로 인식하는 아이가 더 많았다. 실제로 춤을 추려는 아이는 수요가 꽤 있었는데 그들은 우리와 함께 갈 수 없었다. 그 결과 '나침반'은 시작부터 좌초 위기를 맞았다. 다행히 옆 반에 나름대로 랩에 진지한 듀오가 있어서 나까지 세 사람이 모였지만, 이후에는 도저히 지원자를 구할 수 없었다.

나는 가장 친했던 J에게 힙합 동아리를 같이하자고 제안했다. J는 조금도 고민하지 않고 단칼에 거절했다. 그 무렵 J와는 싸운 적도 없지만 어쩐지 사이가 조금 멀어진 상태였다. 1학년 때만 해도 나는 학교를 마치면 날마다 J의 집으로 놀러 갔다.

J의 어머니는 언제나 나를 따뜻하게 맞아 주는 좋은 분이었다. 내가 현관에 운동화를 아무렇게나 벗어 던지고 대충 고개만 까딱이고서 컴퓨터가 있는 J의 방으로 달려가는 무례한 아이였는데도 딱히 잔소리 한번 하지 않았다. 오히려 내 신발을 항상 정리해 주고 과일을 깎아 간식과 함께 챙겨 주기까지 했다. J의 아버지도 내게 무척 다정하게 대해 주었다. 퇴근해서도

내가 집에 남아 있으면 꼭 저녁을 먹고 가라고 말씀하셨다. 가끔은 치킨이나 피자 같은 것을 시켜 방에서 편안하게 먹을 수 있도록 배려해 주기도 했다. 처음에는 그런 J의 집이 정말 편하고 좋았다. 하지만 언제인가부터 그동안 의식하지 못했던 우리집과의 차이점들이 하나둘 신경 쓰였다. 왜 우리 아버지는 일하지 않는지, 어째서 우리 집에는 친구를 데려올 수 없는지 같은 것들.

내가 느낀 위화감을 J도 느꼈는지는 모르겠다. 어쨌든 J가 힙합 동아리에 가입하지 않으면서부터 우리 사이는 조금 더 멀어졌다. J는 힙합 동아리에 가입하지 않은 이유를 이렇게 설명했다.

"세상은 러브 앤드 피스야. 힙합 같은 거 좋아하면 평생 여자 친구 못 만들어."

J의 말대로 힙합 전사는 어디를 가도 고독했다. 노래방에서 다 같이 화기애애하게 H.O.T의 〈캔디〉를 합창하다가도 누가 DJ. DOC의 〈포조리〉를 예약하면 분위기가 싸늘하게 식어 버렸다. 수학여행 때 클래식 기타를 어깨에 메고 핑거링 주법으로 〈로망스〉를 연주하는 녀석은 언제나 인기였지만, 두건 같은 걸 머리에 두르고 그 위에 MLB 모자까지 눌러쓴 채 조PD의 〈이

야기 속으로〉 같은 랩을 지껄이는 아이는 늘 배척당하기 마련이었다.

힙합 동아리 대신 J가 선택한 동아리는 찬송가를 현대 음악으로 바꿔 부르는 CCM 동아리였다. CCM 동아리는 힙합 동아리와 비슷한 시기에 만들어졌다. 근처 교회 목사의 아들이 회장을 맡았고 힙합 동아리와는 음악실 사용이라는 문제로 약간의 분쟁을 겪고 있었다. J는 기독교 신자가 아니었는데도 CCM 동아리에 들어갔다. 이유는 CCM 동아리의 회원 절반이 여자였기 때문이었다. J는 의도한 대로 여자아이들과 친해지게 되었다. 합창 연습이라는 핑계로 저녁 늦게까지 그들과 어울리며 즐겁게 지냈다. 그러니까 내가 혼자서 고독하게 절망과 종말에 대해 가사를 쓸 때 J는 기타와 오르간 반주에 맞춰 머리 위로 손뼉을 치며 희망과 구원에 대해 소리치고 있었던 것이다.

사실 CCM 동아리는 힙합 동아리를 별로 신경 쓰지 않았다. 하지만 나는 그들이 신경 쓰여 미쳐 버릴 것만 같았다. 힙합 동아리가 최소 정원 여섯 명을 못 채워서 비공식 동아리로 남은 데 반해 CCM 동아리는 불과 한 달도 되지 않아 사십 명 정도 되는 회원을 모집하며 음악실을 독점했다. J는 주말에 여자아이들과 영화 보러 가는 걸 내게 자랑하곤 했다. 겉으로 그런 게 하나도 안 부러운 척했는데 지금 돌이켜 보면 나는 조금, 아니 조금 많이 부러웠던 것 같다. 하지만 그때는 정말로 부럽지 않다고 나 자신을 속였고, 그에 대한 반발심으로 더욱더 랩 연습에 매진했다.

비록 정식 동아리로 인정받지는 못했지만, 음악 선생님이 고문 역할을 맡아 주며 적극적으로 지원해 준 덕에 우리는 가을 축제 때 공연할 기회를 얻게 되었다. 공연은 힙합 동아리의 커다란 대의가 되었다. 이렇게 된 이상 내가 할 수 있는 일은 가을 축제 공연으로 CCM 동아리를 눌러 버리는 것밖에는 없었다.

우리는 여름 내내 축제를 위해 열정적으로 연습했다. 자작곡을 만들어 부를 만한 수준은 아니었기에 유명한 노래의 카피 랩을 준비했지만 관객들이 호응할 수 있는 음악을 고르려고 나름대로 고심을 거듭했다. 어느 순간에서 어떻게 랩을 내뱉고 어떤 손짓으로 관중을 환호시키는지까지 치밀하게 동선을 짜고 연구했다. 그렇게 흘렸던 땀방울이 있었기에 우리는 제법 자신감이 생겼다. 어서 빨리 날씨가 쌀쌀해져 가을 축제가 다가오기만을 기다렸다.

마침내 가을 축제 기간이 시작되었다. 우리는 그동안 갈고닦

았던 실력을 선보일 생각에 마음이 잔뜩 부풀어 있었다. 때마침 공연 순서는 CCM 동아리 다음이었다. CCM 동아리는 예레미라는 가수의 노래를 불렀다. 목사 아들의 일렉트로닉 기타 연주가 요란하게 울려 퍼지며 하늘을 찌를 듯한 고음의 보컬이 관중을 휘어잡더니 마지막에는 감동적인 합창으로 무대가 마무리되었다. 관객의 반응은 내 예상보다 훨씬 더 뜨거웠다. 몇몇은 무대 앞쪽까지 몰려들어 환호했으며 준비한 노래 세 곡이 끝났을 때는 앙코르 요청까지 나왔다. 나는 그 모습을 보면서 희망에 차올랐다. 고작 CCM이 이 정도의 반응이라면 힙합은 얼마나 더 대단할까? 사회자의 소개를 받아 무대 계단을 오르면서 우리는 그 어느 때보다도 한껏 고무되고 고양되어 있었다.

결론부터 말하면 그날 우리의 공연은 완전히 망해 버렸다. 망해 버린 정도로는 부족하고 천재지변 수준으로 처참했다. 첫 번째 곡이었던 허니 패밀리의 〈남자 이야기〉를 부를 때만 해도 반응은 나쁘지 않았다. 살짝살짝 고개를 까딱거려 주는 아이도 있었고 후렴 부분에서 호응해 주는 친구들도 있었다. 하지만 두 번째 공연부터는 그렇지 않았다. 사실 DJ. DOC의 〈L.I.E〉를 두 번째 곡으로 고른 데에는 진지한 이유가 있었다. 인지도가 높은 그룹의 노래를 부르려고 했던 전략이었는데, 곡이 시작되자 객

석은 일순간 싸늘하게 얼어붙었다. 누구도 호응하지 않았고 심지어 손뼉조차 치지 않았다. 그날 내가 불렀던 노래를 기억해 보자면, "씨발아 집어쳐라!" "저리 꺼져라!"라는 식이었다.

당시 관객 중에는 미친개라고 불렀던 학생 주임 선생님을 비롯해 환갑에 가까운 교감 선생님도 있었다. 그리고 그 두 사람 옆에는 우리의 고문을 맡아 준 음악 선생님도 함께 있었다. 정확히 기억은 안 나지만 내가 랩을 하는 중간에 학생 주임 선생님은 몇 번이나 불편한 표정으로 호통 같은 헛기침을 내뱉었다. 음악 선생님은 그 옆에서 난감한 표정을 감추지 못하고 손바닥으로 이마를 감싸 쥐고 있었다. 반주는 계속 흘렀고 우리는 어떻게든 끝까지 무대를 소화해야 했다. 고작 삼사 분밖에 안 되는 시간이었지만 그 공연은 정말 영원히 끝나지 않을 것처럼 길었다. 제발 좀 따라 해 달라는 간절함을 담아 객석으로 마이크를 넘겨도 돌아오는 것은 침묵과 학생 주임 선생님의 헛기침 소리뿐이었다.

나중에 들은 이야기지만 음악 선생님은 우리 때문에 큰 곤경에 빠졌다고 한다. 교감 선생님께 질책을 받았고 그날 축제에 참여한 몇몇 학부모에게도 항의를 받았다.

힙합 동아리는 결국 그 공연을 마지막으로 해체되었다. 우리는 각자 어머니를 모시고 학교에 와야 했다. 반성문을 썼으며 2학기가 끝날 때까지 아침마다 교문 앞에 서서 생활 지도를 보조해야 했다. J는 교문 앞에서 '품행 단정' 같은 피켓을 들고 서 있는 나를 볼 때마다 배꼽을 잡으며 놀려 댔다. 그리고 그해 겨울 방학, 어머니는 반성의 의미로 나를 아버지가 계신 강릉으로 보냈다.

*

한 달 가까이나 되는 겨울 방학을 아버지와 단둘이 보내야 한다는 것은 가혹한 형벌이나 마찬가지였다. 아버지와 사이가 나쁜 것은 아니었다. 그저 살면서 아버지와 함께 있어 본 적이 별로 없어 어색할 뿐이었다.

기억이 시작될 때부터 아버지는 환자였다. 몸이 아픈 것도 맞지만 정확히는 정신에 문제가 더 있었다. 아버지는 상태가 통제할 수 없을 정도로 나빠지면 폐쇄 병동에 입원했고, 예후가 나아지면 한적한 시골에서 요양했다. 아버지에게는 일정한 주기가 있었다. 대개 2년에 세 번꼴로 가을이나 봄이나 서늘한 환절기가 다가오면 심각한 조증과 울증을 반복하며 사달을 냈다. 갑자기 말도 안 되는 사업을 하겠다며 여기저기 돈을 끌어 모으다가, 또 정반대로 더는 살아갈 힘이 없다며 자살 소동을 벌이기도 했다. 사실 그런 반복적인 발작은 젊어서 사업이 한창 잘되던 시기에 억울하게 삼청 교육대에 끌려갔던 충격으로 인해 생긴 것이었다. 시대의 비극이었고, 아버지의 나약함만을 탓할 수는 없는 일이었다. 하지만 그 시절 나는 너무 어렸고, 그래서 아버지를 온전히 이해할 수 없었다. 수십 년을 트라우마에서 벗어나지 못하고 번번이 자기 파괴를 되풀이하는 아버지가 너무나 한심했고 때로는 지겨웠다.

그 무렵 아버지는 그래도 상태가 많이 호전되어 폐쇄 병동에서 퇴원해 강릉에 머무르고 있었다. 아버지는 주로 그림을 그리며 시간을 보냈는데, 화가였다거나 화가가 되고 싶었던 것은 아니고 그냥 말 그대로 그림을 그리며 세월을 흘려보내고 있었다.

아버지가 그렸던 그림은 일종의 수묵화였다. 주로 경포대의 해돋이를 그렸는데 대상이 되는 모티프를 남겨 두고 나머지 여백을 먹으로 칠하는 음각 기법을 썼다. 아버지는 언제나 벼루에 먹을 갈고 붓을 물에 적셔 흰 화선지 위에 하늘을 먼저 그렸다. 그림 중심에 그려질 붉은 태양을 여백으로 두고 주변부만 검게 칠했다. 먹물을 잔뜩 머금은 붓을 가장자리에서부터 칠하면 중심에 가까워질수록 먹이 자연스럽게 옅어졌다. 그런 과정을 지루하게 반복하면 어두운 하늘에 층이 생기고 흰 바닥에 불과했던 바다에는 어느새 흰 거품을 문 파도가 일렁였다.

아버지가 매일 바다에 나가 해를 보고, 돌아와서 그림을 그리고, 저녁때는 술에 취해 잠드는 동안 나는 그 옆에서 이어폰을 귀에 꽂고 종일 듀스의 노래만 들었다. 1999년과 2000년 대한민국 앨범은 모두 빼앗겨서 들을 만한 CD가 듀스 4집밖에 없었다. 강릉에서 나는 이따금 가사를 썼고, 책을 읽기도 했다가 대부분은 무의미하게 천장을 바라보며 시간을 허비했다. 아버지는 나에게 딱히 공부하라는 잔소리도 하지 않았다. 가끔 음악을 시끄럽게 듣고 있으면 귀가 아프지 않냐고 물을 뿐 별로 간섭하는 일이 없었다. 아버지는 나보다는 해돋이를 그리는 일에 심취해 있었다. 나는 매번 비슷하고 똑같은 그림을 되풀이하는 게 어떤 의미가 있는지 이해할 수가 없었다.

어둑한 논길을 지나 안개가 가득 낀 저수지를 헤치면 길이 끝나는 곳에 경포대가 있었다. 아버지가 바라는 건 말갛게 갠 하늘에 붉은 태양이 솟아오르는 아침이었다. 그렇게 완벽한 해돋이를 본 날이면 아버지는 방바닥에 화선지를 깔아 놓고 분주하게 움직였다.

사실 아버지가 그린 모든 그림은 내게 속이 텅 빈 동그라미일 뿐이었다. 물론 아버지에게는 그 동그라미가 어떤 날에는 어머니였고, 또 다른 날에는 태양이었으며, 언젠가는 영원 회귀가되었다가 동굴 속을 비추는 한줄기의 빛이 되기도 했지만, 내게는 그저 모두 엇비슷한 동그라미일 뿐이었다.

가끔 아버지는 내게 그림에 관해 묻곤 했다. 이게 어떤 그림인 것 같냐고. 그럴 때마다 나는 최대한 퉁명스럽게 그냥 동그라미일 뿐이지 않느냐고 대답했다. 강릉에서 여러 날을 보내며감정이 조금 더 격해졌던 날에는 사실은 동그라미조차 아니지않냐고 대들기도 했다. 이런 그림은 아무짝에도 쓸모없고 의미조차 없는 것 아니냐고. 도대체 이런 걸 왜 매일같이 그리고 있느냐고. 동그라미에 인생을 쏟아부을 시간에 아버지도 다른 아버지들처럼 밖에 나가서 일도 하고 그러면 안 되냐고. 아버지가여기서 태평하게 동그라미나 그리고 있는 동안 나머지 가족은어떻게 사는지 관심이나 있느냐고. 어머니는 밤늦게까지 일해야 하고, 누나들은 대학을 포기해야 했다고. 내가 그렇게 몰아붙이면 아버지는 가끔 화를 냈고, 보통은 묵묵히 돌아앉아 담배만 태웠다. 그리고 그다음 날에도 마찬가지로 해돈이를 보고 돌아와 화선지 위에 그림을 그렸는데, 어쩐지 그럴 때면 그 동그라미가 더 흐리고 형체가 없는 듯 보였다.

아버지와 함께했던 겨울 방학이 끝나고 서울로 돌아왔을 때, 나는 중학교 3학년이 되었고 예전만큼 힙합을 좋아하지 않게 되었다. 물론 여전히 힙합을 듣고 가끔 가사를 쓰며 카피 랩을 따라 하기는 했지만, 예전만큼 진지하게 힙합에 빠져 있지는 않았다. J가 말했던 대로 욕설이 난무하는 갱스터 랩이 어쩐지 유치하게 느껴졌고, 힙합 중에도 사랑과 평화의 메시지를 담은 발라드 랩이 더 귀에 들어오기 시작했다.

새 학기가 시작되면서 J와는 다시 같은 반이 되었다. 특별한 계기도 없었는데, 서먹했던 우리는 언제 그랬냐는 듯 금세 다시 가까워졌다. J는 내가 들려주는 서정적인 멜로디의 힙합을 예전만큼 싫어하지 않았고, 나도 J를 따라 가끔 주말에는 CCM 동아리의 여자아이들과 영화 같은 걸 보러 다녔다. 내가 중학교를 졸업할 때까지 아버지는 강릉에 계셨고, 그곳에서 여전히 그림을 그렸다. 가끔 마음에 드는 작품이 나오면 집으로 그림을 보내 주기도 했는데 화선지 위에 아버지가 그린 그림은 여전히 속이 텅 빈 동그라미들뿐이었다.

열다섯 살의 치규에게

　인생을 살다 보면 어느 순간에는 지루한 반복을 반드시 되풀이해야만 하는 시기가 있는 것 같아. 돌이켜 보면 그런 순간은 언제나 있었고, 그럴 때마다 나는 괴롭고 힘들어했지.
　가끔은 아버지가 그린 동그라미가 떠오르곤 해. 그 동그라미는 도대체 무엇이었을까? 아버지가 매일 되풀이해서 그렸던 동그라미들은 모두 다 똑같은 동그라미였을까?

　난 요즘 그 동그라미가 모두 달랐을지도 모른다고 생각해. 반복이라는 게 언제나 똑같은 것 같지만 사실은 자신도 모르게 어딘가로 자신을 이끌어 주고 있으니까. 그러니까 지겨워도 너무 괴로워하지 마. 어차피 인생은 늘 지겹고 똑같은 날의 반복이야. 다만 그런 반복 속에도 변화는 스며들어. 열다섯 살의 네가 서른다섯 살의 내가 되었듯 말이야.

❄

계절은 겨울로 접어들고 있었다.

자전거를 타고 등교하다 보면 새벽 공기에 손이 얼얼해지곤 했다.

나는 언 손을 호호 불어 가며 이른 아침부터 편지를 써 내려갔다.

"사실 고백할 게 있는데,"라고 편지 첫 장의 마지막 줄에 썼다.

좋아한다고 말할 수 없었어

김성광

김성광

인터넷서점에서 일한다. 틈나는 대로 책을 읽고 글을 쓴다.
겨울에 태어났고, 겨울에 태어난 연인과 살고 있으면서도,
겨울을 좋아하지는 않는다. 안경이 자주 뿌옇게 흐려져서다.
하지만 안경에 낀 훈김을 닦고 다시 선명한 세상을 마주하는 순간은 사랑한다.
겨울에 유독 안경을 자주 닦는다. 『시간은 없고, 잘하고는 싶고』를 썼다.

이상하고 신기한 손글씨

"편지 좀 대신 써 줄래? 저녁에 컵라면 사 줄게."

1996년의 우리들에게는, 편지가 전부였다. 휴대폰이 본격적으로 보급되려면 아직 4~5년을 더 기다려야 했고 스마트폰은 머나먼 미래였다. 늘 학교에 붙박여 있는 우리에게는 집 전화도 손에 닿지 않는 물건. 공중전화 역시 '용건만 간단히' 아주 짧은 통화만 가능했다. 그즈음 삐삐(호출기)가 신문물로 유행했는데, 삐삐 음성 사서함에 들어온 메시지를 확인하려고 쉬는 시간마다 학교 안 공중전화 앞에 긴 줄이 만들어지곤 했다. 우리안에 가득한, 더는 품고만 있을 수 없는 말들을 떨어져 있는 이와 나눌 방법은 오직 편지만이 유일했다.

편지를 주고받는 대상은 여자아이들이었다. 내가 자란 도시에는 남녀 공학이 거의 없었고, 대부분 남중 남고를 다녔기에 우리는 여자아이들과 가까워지고 싶은 간절함을 안고 살았다. 교회나 다른 교외 활동을 통해 여자 (사람) 친구가 있는 경우에는 친구들의 부러움을 샀고 어딘가 대단하게 여겨지기도 했는데, 이런 녀석들이 다리 역할을 하면서 펜팔이 시작되었다.

우리는 편지에 상당한 공을 들였다. SNS 피드를 통해 상대의 얼굴이나 일상, 취향을 쉽게 알 수 있는 요즘과 달리 그때의 우리는 오직 편지만으로 상대를 떠올릴 수 있었다. 실시간으로 전송되는 'DM(다이렉트 메시지)'이나 '톡'과 달리, 편지를 보내면 답장이 오기까지 여러 날을 기다려야 했고 기다리는 동안 전에 받은 편지를 여러 번 꺼내 읽으며 상대의 이미지를 떠올렸다. 그러다 보면 내 편지는 상대에게 어떤 인상을 남겼을지 간혹 기대되고 자주 두려웠다. 펜팔을 한다는 건 일주일에 한 번씩 내 매력을 쥐어짜거나 창작해야 하는 일이었다.

편지의 내용도 중요했지만, 글씨도 무척이나 중요했다. 얼굴을 보지 못하는 관계에서는 글씨체를 내보이는 것이 얼마간 '얼굴 공개' 비슷한 효과를 지녔다. 분위기나 성격, 취향 같은 것들이 어느 정도 글씨체와 연관이 있으리라 짐작되곤 했다. 이런 짐작은 곧잘 틀린다는 것을 모두가 알고 있었지만, 정작 첫 편지를 받아 보면 글씨체가 낳는 효과를 부정할 수 없었다. 유독 글씨가 괜찮은 친구들이 펜팔을 오래 이어 갔기 때문이다. 그러다 보니 자신의 손글씨를 부끄러워하는 아이들은 잘 쓰는 친구에게 대필을 부탁했다. 대가는 컵라면 하나 정도였다.

나는 글씨를 잘 쓰는 편이었다. 아니, 다른 남자아이들과 글씨체가 달랐다는 게 더 정확하다. 둥글고 귀여운 필체라 '여자 글씨 같다'는 이야기를 많이 들었다. '여자 글씨 같다'는 말에는 '이상하다'와 '신기하다'는 뉘앙스가 절반 정도씩 섞여 있었는데, 이상하고 신기한 글씨를 필요로 하는 아이들이 조용히 늘어 갔다. 내 사물함 안에는 책들이 점점 줄어들고 컵라면으로 가득 채워졌다.

단순히 대필만 하지는 않았다. 펜팔이라면 적어도 편지지 두 장 정도는 채우는 성의를 보여야 하는데, 한 장 채우기도 곤혹스러워하는 친구들이 있었다. 글을 길게 쓰는 데 익숙하지 않거나 여자아이들에게 어떤 말을 해야 하는지 어려워하는 경우였다. 여자아이들에 대해서라면 나 역시 더 나을 게 없었다. 하지만 펜팔의 당사자는 내가 아니었으므로 별 부담 없이 아무렇게나 말을 지어낼 수 있었다. 길게 쓰는 거라면 언제나 자신 있었다.

편지를 대신 쓰는 일은 즐거웠다. "선물 잘 받았어. 정말 고마워."라고 쓰다 보면 내가 선물을 받은 마냥 들뜨고, 삐삐 번호를 주고받다 보면 목소리가 궁금해 내 마음이 두근댔다. 무엇보다 여자 친구가 여럿 생긴 것 같은 기분이었다.

부탁하는 친구도 만족하고 나 역시 재밌어하니 내게 들어오는 의뢰가 하나둘 늘어 갔다. 어느새 한 주에만 대여섯 통의 편지를 대신 쓰는 상황이 되었다. 그 많은 편지를 제각각 다른 이야기로 채우는 건 쉽지 않은 일. 엇비슷한 내용을 이 편지 저 편지에 써 놓으며 겨우 분량을 채웠다. 편지를 대신 쓰는 건, 점점 재미없고 단순한 반복 노동이 되었고 편지를 받는 상대에게도 미안한 마음이 쌓여 갔다.

남의 편지로 이 무슨 생고생인가…… 한순간에 이 모든 일이 부질없게 여겨졌다. 이럴 게 아니라 나도 펜팔을 해야겠다, 나도 나를 드러내고 내 이야기로 편지를 쓰고 싶다는 생각이 들었다. 마침 가을이 깊어 가고 있었고 어딘가 쓸쓸해져야 했고 이게 다 여자 친구가 없기 때문인 것만 같았다. 다만 펜팔 친구를 어떻게 만들어야 할지 몰랐다. "야, 나도 펜팔 하고 싶어." 한 마디면 바로 될 일이었지만 부탁하기가 어려웠다. 이성에 대한 관심을 드러내는 건 그 당시 내게…… 아, 너무 부끄러운 일이었기 때문이다.

누가 나한테 펜팔 좀 소개 안 해 주나…… 속으로만 되뇌던 내게 어느 날, 지호가 노란 종이 한 장을 건넸다. 종이에는 지호의 큼직하고 자유로운 글씨로 열 개 정도의 질문이 있었다. 생일은 언제인지, 혈액형은 무엇인지, 무슨 색을 좋아하는지, 취미는 무엇인지, 어느 학교 출신인지…… 펜팔 상대를 매칭하기 위한 질문이 정리된 종이였다. 마침 펜팔 중개를 하던 지호가 내가 대필을 많이 하는 걸 알고 내게 제안한 것이었다.

"이게 뭐야?" 모르는 척 묻는 내게 지호는 "펜팔 안 할래? 경주여고 1학년."이라며 크게 되물었다. 나는 깜짝 놀라 목소리를 낮추며 "아, 그래? 할 사람 없으면 내가 한번 해 보지 뭐."라며 속삭이듯 답했다. 지호는 네놈 속내 다 알고 있다는 듯 싱긋 웃으며 "오늘까지 써서 줘."라고 말했다.

지호가 돌아서자마자 나는 신나게 질문지를 작성하기 시작했다. 들으면 누구나 잊기 어려운 내 생일, 세상에서 가장 흔하다는 내 혈액형, 남색과 자주색을 섞은 색을 좋아한다는 이야기…… 지호와 대비되는 작고 둥근 글씨로 어느 하나 막힘없이 써 내려가던 나는 여덟 번째 질문 앞에서 멈춰 서고 말았다. 아홉 글자의 세상 단순한 질문. 그러나 내 마음을 복잡하게 헝클어 버린 질문.

"가장 좋아하는 가수는?"

좋아할수록 외로워지는 마음

가장 좋아하는 가수는…… 한참을 생각하다 끝내 적지 못했다. 수업이 다 끝나고 질문지를 받아 가려던 지호에게 아직 다 못 썼으니 집에 가서 해 오겠다며 하루를 미뤘다. 집에 가서까지 쓸 무엇이 전혀 아니었지만, 내게는 분명 간단치 않은 질문이었다.

내가 좋아하는 가수를 쉽게 쓰지 못한 건, 가수들을 잘 몰라서가 아니었다. 나는 가요 프로그램은 예약 녹화를 해서라도 모두 챙겨 보는 스타일이었고 한 달 용돈을 몽땅 카세트테이프

구매에 쏟아붓고 있었다. 좋아하는 가수가 없어서도 아니었다. 당시 내게는 너무나 분명한 원픽, '최애'가 있었다. K였다. 하지만 K라고 솔직하게 쓰는 건 분명 리스크가 있었다. 공개된 질문지에 그 이름을 쉽사리 적을 용기가 나지 않았다.

K는 분명히 스타였지만 그를 좋아한다는 친구는 주변에 단한 명도 없었다. 다섯 장의 정규 앨범이 모두 히트한 가수인데도 그랬다. 주위에서는 서태지와 아이들이나 듀스의 인기가 가장 많았고, 신승훈이나 이승환의 가창력이 칭송받았으며, 넥스트는 압도적인 카리스마로 '신도'를 이끌고 있었다. 전람회의 음악을 들으며 성숙한 취향을 드러내려는 이들도 많았고 H.O.T나 영턱스클럽, 언타이틀이 데뷔하며 눈길을 사로잡던 시기이기도 했다. K는 가창력, 퍼포먼스, 음악적인 면에서 도드라진 존재감을 발산하지 못했다.

물론 그런 가수는 K만이 아니었다. 단순히 노래가 좋다는 이유만으로 어떤 가수를 좋아할 수 있었고 그런 취향은 친구들에게 무던하게 받아들여졌다. 하지만 K의 경우는 달랐다. K를 좋아한다고 밝히는 일은 꽤 강한 반발을 자아냈다. 그는 남성들의 지지를 거의 받지 못하는 스타였다. 남고에서는 더더욱 그랬다.

내가 K를 좋아하기 시작한 것은 중학교 1학년 무렵부터였다. 그의 신선한 음색은 내 귀를 사로잡았고, 무엇보다 브라운관 속 그의 모습이 너무 멋있게 보였다. 장난기 가득한 눈을 반짝일 때도 우수에 찬 눈으로 미간을 찌푸릴 때도, 고불고불 웨이브를 먹인 헤어스타일도 무스를 발라 곱게 내린 헤어스타일도, 모두 마음에 들었다. K는 아주 잘생긴 가수였다. 이른바 귀공자풍의 외모. 외모만큼은 누구보다도 빛이 났다. 그의 브로마이드를 방에 내걸면 눈이 맑아지고 방도 밝아졌다.

활동 초기만 해도 K에 대한 주변의 반감은 거의 느낄 수 없었다. 하지만 중학교 2학년 여름, 그가 치마 패션을 하고 가요 차트 1위를 석권하며 TV를 가득 채우자 주변의 반감이 드러나기 시작했다. "무슨 남자가……" "기생오라비 스타일이네!" 같은 비난을 흔하게 접할 수 있었다. K를 좋아한다고 말하는 순간, 나는 조금 이상한 취향을 가진 아이가 되고 말았다.

물론 수학여행이나 장기 자랑을 할 때 K의 음악에 맞춰 치마를 두르고 춤을 추는 아이들도 있긴 했다. 하지만 그런 무대는 서태지와 아이들이나 듀스를 흉내 낼 때와 달리 개그 코드가 되기 일쑤였다.

나는 홀로 외로운 존재가 되었다. 분하기도 하고 두렵기도 한 기분으로 무대를 지켜봤던 기억이 난다. 그날 이후 아주 가까운 친구 몇몇을 제외하고는 내 취향을 분명히 밝히지 않게 되었다. K를 좋아한다는 것이 점차 부담으로 작용했다.

그런 내 앞에 좋아하는 가수를 묻는 질문이 펼쳐졌다. 답은 분명하지만 쓸 수가 없었다. 지호가 내 답을 볼 것이고, 이 녀석이 깔깔거리며 큰 소리로 "너 K 좋아하냐?"고 되묻는 장면이 그려졌다. 그렇게 내 취향이 드러난다면? 다들 "취향 참 독특하네." "무슨 남자가 그러냐?" "여자도 아니고." 등등 한마디씩 할 게 뻔했다. 친구들이 가볍게 툭 던진 말이라 해도 나를 무겁게 눌러 댈 것 같았다.

"무슨 남자가"와 "여자도 아니고"에 대해서라면, 나는 사실 이골이 나 있었다. K만의 문제가 아니었다. 90년대 초중반은 농구의 시대이기도 했다. 봄, 여름, 가을은 내게 야구와 축구의 계절이었지만 겨울만큼은 농구의 계절이었다. TV로 농구대잔치를 지켜보며 겨울 방학을 보냈다.

당시 가장 화제를 끄는 경기는 고려대와 연세대의 라이벌전이었다. 두 팀의 대결이 가장 뜨거웠고, 응원하는 이들도 격렬하게 갈라서야 했다. 내가 응원한 팀은 연세대였고 제일 좋아했던 선수는 우지원이었다. 대부분의 친구들은 나와 정반대였다. 몸싸움을 즐기며 골밑으로 화끈하게 파고드는 고려대 농구가 남자아이들에게 압도적으로 인기가 많았다. 연세대는 '여자들이나' 좋아하는 팀이라는 게 대체적인 평가였다. 이번에도 나는 '무슨 남자가'의 대상이었다.

행여 연세대 농구를 좋아하더라도 우지원을 좋아하는 친구는 단 한 명도 없었다. '가요계의 귀공자'에 대해 친구들이 반감을 보였듯, '코트의 황태자'도 마찬가지 취급을 했다. 3점슛을 즐기는 우지원의 플레이를 '도련님 농구'라 폄하하기도 했다. 친구들은 대체로 덩크나 더블 클러치같이 골밑에서의 거칠고 화려한 플레이에 더 높은 점수를 줬지만, 나는 승부처에서의 3점슛이 가장 짜릿했다. 골밑의 쟁투를 공허하게 만들며 림에 꽂히는 홀연한 궤적이 좋았다. 우지원의 3점슛은 특히나 예뻤다.

생각해 보면 나는 남자들의 취향과 거의 늘 불화했다. 거칠고 강한 것이야말로 우리가 좋아할 만한 것이라는 분위기가 싫었다. 야구를 봐도 홈런 타자보다는 수비 좋고 견실한 유격수에 눈이 갔다. 축구를 봐도 선 굵은 한국 축구보다는 일본 대표팀의 세밀한 패스 플레이를 좋아했다. 도통 내 취향을 이해해 줄 사람, 동조해 줄 사람을 주변에서는 만날 수가 없었다. 나는 좋아하는 것들로 인해 외로워졌다.

내가 K를 좋아하는 걸 잘 알아서, 내 앞에서 K를 옹호해 주는 친한 친구들도 자신들의 선호를 감출 수는 없었다. 같이 노래방에 가는 날이면 여러 가수의 노래가 오르내리기 마련이었지만 친구들이 K의 노래를 선택하는 경우는 없었다. 빈 카세트테이프에 여러 노래를 녹음해서 생일 선물로 건네면서도 K의 노래를 수록하는 경우도 보지 못했다. 나를 배려하려는 그들의 마음은 고마웠으나, 남다른 배려를 받아야만 내 취향을 드러낼 수 있다는 것을 깨닫는 날은 조금 수치스럽기까지 했다.

결국 나는 좋아하는 가수를 '전람회'라고 쓰며 마지막 질문에 답했다. 음악 취향이 가볍지 않으면서도 대중적인, 딱 안전한 선택이었다. 나를 적당한 이미지로 포장해 줄 것이었다. 실제로 전람회 노래를 자주 들었고 1집도 2집도 좋아했으며, 김동률도 서동욱도 가리지 않고 좋아했으므로 거짓말은 아니라는 생각도 했다. 그해 여름에 발매된 K의 5집 앨범 타이틀곡을 김동률이 작곡했다는 사실도 영향을 미쳤다. "무슨 남자가" "여자도 아니고"로부터 나는 자유로울 것이었다.

사실 고백할 게 있어

노란 종이를 받은 아이는 나를 포함해 네 명이었다. 넷의 정보를 담은 종이가 경주여고로 넘어갔고, 네 명의 여자아이들이 각각 한 명씩 택해 먼저 편지를 보내왔다. 내 첫 펜팔 친구 J가 보내온 편지는 "널 만나기 위해 길을 나섰지."라는 전람회 노래의 한 소절로 시작되었다. 그 노래를 몰랐다면 발랄하고 외향적이라는 느낌을 받았겠지만 "난 이제 잊혀지겠지."라는 가사로 노래가 끝난다는 걸 알아서인지 어딘가 쓸쓸한 느낌을 받을 수밖에 없었다.

J는 "안녕, 성광아. 요즘 내가 좋아하는 노래야."라고 인사하며, 전람회를 무척 좋아해서 나를 선택했다고 밝혔다. 가을이 담뿍 담긴 편지지 위에 깔끔한 글씨가 앉아 있었다. 내가 건넨 정보에 맞추어 (조금 의무적으로) 자신의 생일과 혈액형 등을 일러 주고 다시 전람회 이야기로 넘어가는 편지였다. 꼭 한 번 그들을 실제로 보고 싶은데 경주에서 공연할 일은 없을 테고, 아마 서울로 대학을 가지 않는 한 영원히 못 보겠지, 그냥 너랑 실컷 이야기라도 같이 나누면 좋겠다며 J는 이 펜팔의 성격을 제한해 두고 있었다.

나로 말하자면…… 아쉬웠다. 편지를 주고받다가 만나게도 되고, 그래서 결국 여자 친구도 사귀는 그런 기대감을 가지고 있었으니까. 하지만 만난다는 건 사실 너무 부끄러운 일이고 K만큼은 아니지만 전람회는 나도 좋아하는 듀오이므로 J의 제안은 나쁘지 않았다. 오히려 편지를 이어 나가기에는 부담이 없는 소재였다. 답장이 술술 써졌다.

"안녕, J야. 나도 〈마중 가던 길〉 정말 좋아해. 전람회는 아무래도 김동률이지만, 나는 어쩐지 서동욱에 자꾸 관심이 간다.

2집에서도 서동욱의 목소리를 들을 수 있어서 정말 좋았어. 좀 유약해 보이는 음색에, 음정도 어딘가 불안하지만 그래서인지 마음에 남아. 단단하게 쭉 뻗어 가는 김동률 목소리에서는 느낄 수 없는 기분이랄까. 듣다 보면 나는 김동률 같은 사람이 아니라 서동욱 같은 사람이라는 생각이 들어. 야자 끝나고 집에 돌아가는 길에 〈마중 가던 길〉만 듣기도 했어. 자전거 페달을 밟으며 밤공기를 통과하는데, 몸은 앞으로 계속 나아가고 마음은 자꾸만 멈추려 하는 기분이 묘하더라. 서동욱 목소리를 들으면 그런 기분을 알 것 같은 사람이라는 생각이 들어……."

J는 내 답장에 대단히 만족해했다. 대뜸 "널 잘 알지도 못하는데 이런 얘길 해도 되나 모르겠지만…… 왠지 괜찮을 것 같다는 생각이 들었어. 사실 얼마 전에 남자 친구와 헤어졌는데……"라며 두 번째 편지를 보내왔다. 아, 남자 친구가 있었구나. 대뜸 거리감이 생겼다. 나같이 연애에 대해 아무것도 모르는 숙맥은 아니겠다는 생각이 들어 왠지 내가 작아지는 느낌이었다. 순간 J가 나보다 어른으로 느껴졌다.

하지만 "네 편지를 읽으며 위로가 되었어. 나도 내가 서동욱 같은 사람이라는 생각이 들었거든. 전 남자 친구는 너무 자신만만하고 하고 싶은 게 분명한 스타일인데, 나는 뭐든지 좀 자신이 없고 분명하지 않거든. 그런데 남자 친구가 그런 내 마음을 잘 이해하지 못하는 거 같았어. 다음엔 서동욱 같은 사람을 만나야 하나 봐."라고 J가 편지를 이어 가자, 나는 대뜸 마음이 달아올랐다. J가 나를 좋아한다고 고백이라도 한 것 같은 기분이었다. 내가 바로 '서동욱 같은 사람'이라고 이미 밝혀 두었으니까.

김동률과 서동욱이 사실 어떤 사람인지도 모르면서, 우리는 세상 사람들을 그렇게 둘로 나누어 놓고, 서동욱의 자리에 우리를 위치시켰다. 서로를 묶어 주는 단단한 연결고리가 생긴 것 같았다. 동시에 내가 가지고 있던 걱정도 해소되었다. "나는 서동욱 같은 사람이라는 생각이 들어."라고 쓰고 사실 조금 걱정을 했던 것이다. 여자아이들도 남자다운 남자를 좋아하지 않을까, 아무래도 서동욱 같다고 하면 내가 너무 유약해 보이지 않을까, 나에 대해 실망하지 않을까 하고.

그렇게 우리는 전람회의 여러 노래에 대한 감상과 서로의 유약함에 대해 이야기를 나누며 편지를 꾸준히 주고받았다. 친구들의 단단한 목소리 때문에 쉽게 꺼낼 수 없는 나의 목소리가 주된 소재였고, 그러다 보니 나는 K의 이야기를 쓸 수밖에 없었다. K에 대한 이야기야말로 가장 볼륨을 낮춰 말해야 했던 나의 이야기였으므로.

편지를 주고받은 지 두 달 정도 된 시점이었다. 계절은 어느덧 겨울로 접어들고 있었다. 자전거를 타고 등교하다 보면 새벽 공기에 손이 얼얼해지곤 했다. 나는 언 손을 호호 불어 가며 이른 아침부터 편지를 써 내려갔다.

"사실 고백할 게 있는데,"
라고 편지 첫 장의 마지막 줄에 썼다.

"내가 제일 좋아하는 가수는 전람회가 아니야."

라고 둘째 장의 첫 줄에 썼다.

"나는 사실 K를 가장 좋아해. 네가 이해할 수 있을지 모르겠
지만, 남자들 사이에선 이상하다는 소리 좀 듣는 취향이거든.
그래서 친한 친구들이 아니면 잘 얘기하지 않아. 우리 펜팔 이
어 준 지호하고도 내가 많이 친한 건 아니라서 K를 좋아한다고
쓰기가 좀 그렇더라. 지호가 내가 쓴 걸 볼 수도 있으니까. 거짓
말해서 미안해. 속여서 마음 상하진 않았는지 모르겠다. 그래도
전람회 좋아하는 건 사실이야. 여름에 나온 K의 5집 타이틀곡
을 김동률이 써서 나도 얼마나 좋았는지 몰라."

이렇게 써 보내고 J의 답장을 기다렸다. 평소와 달리 걱정이
많이 되는 한 주였다. 다행히 날아온 J의 편지는 밝았다. "K 좋
아한다는 남자애 정말 처음 봐."라며 신기해했다. "날 좋아한다
가 아니고 K를 좋아한다니 너 정말 별로다! ㅋㅋ"라며 장난도
쳤다.

J는 K를 특별히 좋아하지는 않지만, 주변에 K를 좋아하는
친구들이 꽤 있고, 〈친구로 남기엔〉이라는 노래를 많이 좋아한

다고 했다. '박소현의 FM 데이트'에서 이 노랠 듣고 좋아하게 됐다며 좋아하는 라디오 프로그램 이야기도 한껏 풀어났다. 나도 저녁 8시 'FM데이트'와 밤 10시 '김현철의 디스크쇼'를 연이어 듣는 편이라 라디오 이야기를 한참 하고, K의 또 다른 노래도 추천해 주었다. 〈친구로 남기엔〉과 같은 앨범에 있는 〈하늘에 닿을 만큼〉이라는 노래였다. 듣고 있으면 기분이 상쾌해진다고, 멜로디가 귀에 편하게 감겨서 기분 전환이 될 거라고 추천했다.

J의 다음 편지는 특별했다. 까만 배경의 K 브로마이드에 은색 펜으로 빼곡하게 편지를 써서 보내 준 것이었다. 편지 봉투 역시 K가 나온 잡지 기사 부분을 잘라서 만든 것이었다. 뿐만 아니라 그사이 K의 앨범을 모두 사서 들었다고 했다. 드라마 OST 와 콘서트 앨범까지 포함해 이미 K의 앨범은 일곱 개나 되는 상황이라 당시 고등학생에게 만만한 금액은 아니었을 텐데도. J의 이번 편지는 온통 K의 노래에 대한 이야기였다. "우리 전람회 이야기 많이 했으니까 K 얘기도 비슷하게 많이 해야 공평하잖아."라고 J는 말했다.

K를 좋아한다는 내 이야기를 듣고 이렇게 진지하게 반응해 준 친구는 J가 처음이었다. 나는 낯설고도 기분 좋은 감정에 휩

싸였다. 주변 친구들 사이에서는 꺼내기 힘들었던, 내 관심사를 풀어놓을 상대가 비로소 생긴 것이었다. J와의 편지가 내게 지니는 의미는 점점 커져 갔다. 점심시간마다 하던 축구도 하지 않고 이제 나는 늘 편지만 생각했다.

완연한 기쁨이었던 단 하나의 겨울 방학

겨울 방학이 얼마 남지 않은 어느 날, J와 농구대잔치 이야기로 편지를 주고받다가 우지원을 좋아한다는 얘기를 했다. 친구들에게 얘기하면 다들 우지원 욕하기 바빠서 너한테만 얘기한다고, 우지원이 졸업해서 올해는 연세대를 응원하지 않을 건데 그렇다고 고려대를 응원하지는 않을 거라고도 했다. J는 "넌 나보다 남자 얼굴을 더 보는 것 같다."며 깔깔 웃었고 "여자 얼굴도 그렇게 보냐. 나 보면 실망하는 거 아니냐? ㅋㅋ"라고 했다.

J의 말은 참고 있던 말을 꺼낼 용기를 주었다. 우리 만날까, 라는 말을 예전부터 하고 싶었는데 여자아이를 밖에서 만나는 게 부끄럽기도 했고, 나 혼자만의 생각일까 봐 두려웠다. 하지만 J의 농담을 읽으니 나 혼자만의 생각은 아닌 것 같다는 촉이

왔다.

"얘기 나온 김에 우리 만날까, 곧 방학이기도 하고."라며 내가 제안했다. J도 "좋아." 답했다.

그렇게 우리는 크리스마스를 앞둔 주말에 대왕극장 앞에서 만나기로 했다. 서로를 알아보기 위해 그날의 옷차림을 미리 알리고 삐삐 번호도 교환했다. 확인차 서로의 사서함에 메시지를 남기면서 J의 목소리도 처음 들을 수 있었다. 약속을 앞두고 '설렘 한도 초과' 상태로 며칠을 보냈다.

제시간에 약속 장소에서 만난 우리는 롯데리아에 들어가 마주 앉았다. 뭐랄까, 한눈에도 K는 어른스러운 모습이었다. 옷차림이 아주 말끔하고 나를 바라보는 시선이 무척 자연스러웠다. 반면 나는 시선을 잘 마주치지 못했다. 롯데리아에 온 게 처음이라 주문도, 먹고 난 쓰레기를 분리해 버리는 것도 어리바리했다. 그런 모습을 보여 주니 왠지 더 위축되었고, J가 분위기를 띄우려 자꾸 억지웃음을 지어 보였다.

내가 자연스러워진 건 롯데리아 바로 옆의 단골 레코드점 '소리방'에 들어가면서였다. 친구들이 죄다 학교와 가까운 '현가락'에서 테이프를 사고 현가락 누나와의 로맨스를 머릿속에서 그릴 때, 나는 굳이 학교에서 훨씬 먼 소리방까지 가서 테이프를 샀다. 이걸 보고도 친구들은 참 별난 취향이라고 말했는데, 그냥 별말 없이 무뚝뚝하게 계산만 해 주시던 소리방 아저씨의 분위기가 편했다.

J와 같이 소리방을 구경하며 서로 이 앨범이 좋아, 저 노래 들어 봤니, 이야기를 나누자 비로소 대화가 편해졌다. H.O.T의 〈캔디〉가 신드롬을 일으키고 있었지만 소리방의 BGM은 터보의 〈어느 째즈바〉였고, 우리는 둘 다 터보 2집에 좋은 노래가 얼마나 많은지에 대해 소리 높였다. 평소에 말이 없으시던 소리방 아저씨는 내가 여자아이와 같이 방문해서인지, 터보 브로마이드를 J에게 선물로 주는 이례적인 모습을 보였다. J는 전람회를 좋아한다고 아저씨에게 내가 말하자, 그 시점에선 구하기 힘들었던 전람회 1집 브로마이드도 꺼내 챙겨 주었다. 무뚝뚝하던 아저씨의 어시스트를 받아 나는 '면이 선다'는 말의 의미를 제대로 깨달았다.

소리방에서 나온 후에는 커다란 고분들 사이를 거닐다 카페에 들어갔다. 나로서는 카페라는 곳도 처음이었다. 어색한 공간에서 밀크셰이크를 쪽쪽 빨아 먹는 나와 달리 J는 익숙하게 커피를 마셨다. 이번 방학에 스키를 타러 갈 거라는 J의 얘기에 나는 스키를 한 번도 못 타 봤다고 말했다. 음악을 제외하면 우리의 대화 소재가 거의 없다는 게 확실해지고 있었는데, 음악 얘기는 편지에서 내내 하고 소리방에서도 했으므로 뭔가 다른 방향의 대화가 필요했다. 하지만 서로 마땅한 길을 찾아내지 못해서 시도 자체가 궁색해지고 있었다.

마침내 J가 "넌 편지는 잘 쓰면서 말은 잘 못하는구나. 우리 이제 나갈까?"라고 했을 때, 우리의 만남은 서로에게 실패로 판명되었음이 명백해졌다. 나 역시 실제로 만난 J 앞에서는 편지에서의 편안함을 느끼지 못한 터라 빨리 헤어지고만 싶었다. 여자 친구를 만난다는 건 한없이 달콤한 일인 줄 알았는데 이렇게 불편할 수도 있다는 걸 미처 알지 못했다. 편지로는 워낙 가까웠던 J였기에 더욱 예상 밖이었다.

그렇게 헤어지고도 편지는 계속 이어졌다. 우리의 관계가 여전했다기보다는, 만난 뒤에 바로 편지를 끊기가 서로에게 부담이었기 때문일 것이다. "그날 잘 들어갔니? 어색하긴 했지만 재미있었어."라고 J가 편지를 보내왔을 때, J의 편지는 이미 예전 같지 않았다. 툭툭 튀어나오던 장난기가 편지에서 사라졌다. 정말 재미있었다면 "그날 어색해 죽는 줄 알았어ㅋㅋ"라고 썼을 것이다. 나 역시 의기소침하여, 거리감을 잔뜩 둔 채 답장을 써

내려갔다. 만나기 전처럼 편지를 쓸 수가 없었다. 편지의 간격
은 열흘, 보름, 점점 길어졌고 봄이 올 무렵엔 완전히 끊어졌다.
내게 열렸던 J라는 세계는 편지 몇 장만을 남긴 채 금세 닫히고
말았다.

　10대를 통과하는 내내 겨울은 내게 늘 두려운 계절이었다.
내 취향을 드러낼 수 있는 소수의 친구들과 곧 헤어지고 새로운
아이들 속에서 다시 친구를 찾아야만 하는 계절이 다가오는 시
기였다. 날 이해해 줄 친구를 찾는 일은 늘 어려운 과제라 3월
이 1년 중 가장 힘들었다. 여름 방학이 순도 높은 즐거움의 시
간이었던 반면 겨울 방학을 어딘가 불안했던 시간으로 기억하
는 데는 그런 이유가 있었을 것이다.
　이런 내게 J와 열었던 그해 겨울 방학은 완연한 기쁨으로 시
작된 단 한 번의 겨울 방학이었다. 하지만 그 세계는 새해를 맞
이하기도 전에 닫혀 버렸다. 왜 그렇게 쉽게 닫힐 수밖에 없었
을까. 왜 그렇게 되었을까. 이듬해 여름, 스타로서 K의 커리어
는 급격한 내리막을 타기 시작했고, 친구들의 비웃음은 정점을
찍었으며, 나는 숨죽인 채 J의 편지들을 여러 번 꺼내 읽고 곱
씹어야 했다.

왜 그렇게 되고 말았을까. 나는 이후 20대 초반까지도 이유를 찾지 못한 채 답답해했다. J를 떠나보낸 그 겨울에 나를 그대로 둔 채 몸만 훌쩍 어른이 되어 버린 것 같았다. 돌돌 말린 브로마이드를 들고 돌아가던 J의 뒷모습이 이따금 떠올라 오래 머물렀다.

열일곱 살 성광에게

잘 지내고 있니?

지금 나는 J의 얼굴도 떠오르지 않아. 20년도 훨씬 넘는 예전에 단 하루 만난 사람을 기억한다는 건 사실 이상한 일이기도 하지. 다만 이건 생각난다. 그렇게 헤어지고 나서 J를 계속 생각했다기보다는 나 스스로를 계속 돌아봤던 것 말이야. J 앞에서 왜 그렇게 위축되었을까, 자연스럽지 못했을까, 왜 내가 모르는 나의 모습으로 J의 앞에 서 있었을까.

오래 고민을 했던 문제야. 낯선 도시로 대학을 가고 새로운 사람들, 특히 여자 사람 친구들을 만나면서 나는 한동안 계속 자연스럽지 못했으니까. J 앞에서의 내가 떠오르는 날들이 많았으니까.

어느 정도 시간이 지나니까, 이건 내가 K를 대했던 태도와 비슷하다는 생각이 들었어. 나는 내가 K를 좋아한다는 사실을 인정받고 싶었지. 그래서 택한 방법은 K의 음악이 ROCK을 향해 가고 있다는 사실을, K가 바이크를 좋아하고 스피드를 즐기는 남자다운 취미를 가졌다는 사실을 친구들에게 전달하려던 거였잖아. K도 남자다운 사람이고, K를 좋아하는 일도 남자의 선택지에 있을 수 있는 일이라는 것을 입증하고 인정받으려 했잖아. 내가 K를 좋아하는 건 그런 사실과 전혀 무관했는데. 그냥 내 취향은 친구들과 다르구나, 생각하면 되었는데. 나는 친구들의 인정을 갈구했고 친구들에게 인정받을 수 있는 방식으로 '내가 K를 좋아하는 이유'를 다듬어 갔지. 그러다 보니 내가 가장 좋아하는 K의 노래보다, 친구들이 그나마 좋아할 것 같은 K의 노래를 더 많이 들었던 거 기억하니?

J에 대해서도 마찬가지였던 것 같아. 데이트 한번 해 보지 않은 주제에, 남자라면 여자를 만났을 때 더 능숙하고 이끌어야 한다는 강박을 가지고 있으니까, 더 어른스러워 보이는 J 앞에서 주눅이 들었던 것 같아. 그냥 자연스러운 나를 내보였다면 J와 더 편안하게 대화를 나눌 수 있었을 텐데. 있는 그대로의 나를 부정하고, 내가 상대에게 어떻게 보여야 하는지에, 세상의 오래되고 흔한 관념에 휘둘려 왔다는 생각이 들어.

다시 그 겨울로 돌아가서 너를 다시 만날 수 있다면, 이것만을 말해 주고 싶다. 친구들에게 인정받지 못하는 것은 괜찮다고. J의 앞에서 '남자'가 되지 못하는 것도 괜찮다고. 다만 진짜의 마음과 진짜의 모습을 꺼내지 못하는 것만큼은 괜찮지 않다고.

✳

밤이 오는 건 누군가 서서히 냄비 뚜껑을
덮고 있기 때문이라는 상상을 나는 자주 했다.
마을 크기의 커다란 냄비에 우리 모두 갇혀 있다고.
겨울밤이 긴 까닭은, 겨울에는 냄비를
더 오래 끓여야 하기 때문일 거라 생각했다.

1
9
년

박서련

박서련

철원에서 태어났다. 소설을 쓴다.
겨울보다 좋아하는 계절도, 겨울만큼 싫어하는 계절도 없다.

나는 철원에서 태어났다.

철원은 휴전선 이남에서 겨울이 가장 긴 고장이다.

글로 나를 소개해야 할 때마다 철원에서 태어났다는 말을 꼭 넣는 편이다. 철원이라는 지명이 상상력을 불러일으키기를 기대하면서. 추위라는 단어와 초성이 같아서 피부를 할퀴듯 부는 칼바람을 연상시키기도 하지만, 발음해 보면 ㄹ종성과 투명한 ㅇ초성이 이어져 어감이 부드럽기도 한, 묘한 이름.

내가 나고 자란 고장은 다른 계절보다 겨울이 길어서, 겨울에 보다 많은 일이 ─확률적으로, 산술적으로─ 일어날 수 있었다. 그럼에도 내가 겨울 방학에 겪은 일 중에는 그다지 재미있는 일, 그러니까 다른 사람들은 경험하지 않았음 직한 일이 별로 없는 것 같다.

기억 속에서는 방학이 아닌 겨울과 방학인 겨울의 경계가 그리 뚜렷하지 않아서일지도 모르겠다. 나는 고향에서 대략 19년간 살았는데, 그 열아홉 해를 거의 전부 겨울로 기억한다.

＊

우리 모친의 소개로 철원에서 만난 남자와 결혼한 사촌 언니는 철원에서 겪은 겨울을 이렇게 표현했다.

"아, 철원. 머릿가죽이 쪽쪽 얼고 치가 떨리게 추웠지."

나는 추위에 강한 편이다. 언니가 말하는 '머릿가죽이 쪽쪽 어는' 추위를 잘 모르고 지냈다. 어릴 때는 잔병치레가 많았고 특히 감기를 자주 앓아 가족들의 걱정을 사곤 했지만, 교복을 입을 나이가 되어서는 겨울 아침에 머리를 감고 말리지 않은 채로 집을 나서면서도 한기를 느끼지 못했다. 고드름처럼 가닥가닥 얼어붙은 머리를 부러뜨리면서 버스 정류장까지 걷고, 버스에서 내려서는 또 머리를 부러뜨리면서 학교에 갔다.

우리 마을에는 버스가 한 시간에 한 대씩 다녔다. 학교에 지각하지 않으려면 아침 일곱 시에 버스를 타야 했다. 그나마도 내가 교복을 입을 나이가 되기 전에 바뀌어서 그 정도였지, 그전에는 버스가 하루 서너 대밖에 다니지 않아서 우리 마을 언니 오빠 들은 나보다 훨씬 힘들게 학교에 다녔다고 들었다.

학창 시절을 이렇게 보냈다고 말하면 대학 친구들은 대체로 놀라는 편이었다. 아주 예전에, 엄청 시골에서나 그런 줄 알았는데 바로 내 친구가 그랬다고? 그런 식의 놀람인 듯했다. 내가 한 이야기에 놀라지 않는, 때때로 가만히 웃기만 하는 아이들도 물론 있었다. 그런 아이들은 대개 나보다 훨씬 먼 지역에서 학창 시절을 보낸 것이었다.

＊

마을 이름은 월하리.

한자로는 달 월(月) 자와 아래 하(下) 자를 쓰는, '달 아래 마을'이라는 뜻을 지닌 낭만적인 이름. 사실 이 이름은 행정 구역을 통폐합하고 명칭을 개정하는 과정에서 탄생한 것이라 한다. 그러니까, 월리와 하리(아마 상리도 있었던 모양이다.)라는 작은 동네들이 합쳐져서 나온 이름. 이름의 어감과 뜻에 비해서는 그다지 멋이 없는 사연이다.

월하리 아이들의 겨울 방학은 거의 모두 똑같이 시작되었다. 방학식이 있기 몇 주 전부터 교회에서 성탄 전야 축하제를 준비했기 때문이다. 월하리 아이들은 모두 같은 학교에 다녔고 모두 같은 교회에 다녔다. 방학식 거행에 이은, 어쩌면 방학식보다도 더 중요한 행사가 바로 성탄 전야제였다.

한복 속치마를 하얀 드레스인 양 차려입고 레이스 천을 머리에 장식한 채 무대에 올라서 또래 여자아이들과 함께 춤추는 사진이 있다. 양손을 모아 귀 옆에 대고 상체를 손 쪽으로 조금 기울인 자세로 보아 〈고요한 밤 거룩한 밤〉에 맞추어 춤을 추고 있었던 것 같다. 아기 잘도 잔다, 아기 잘도 잔다.

철원 학교들의 겨울 방학은 대체로 12월 20일 무렵이었지만 어떤 때에는 성탄절 지나서야 방학을 선언했다. 그런 때에는 방학이 시작되기 직전에 내가 세계에서 가장 바쁜 사람이 된 것처럼 느껴졌다. 책가방을 집에 내려놓기 무섭게 교회에 가야 했고 한두 시간 뒤에는 피아노 학원에도 가야 해서 교회에 피아노 학원 가방을 챙겨 갔다.

월하리의 교회 다니는 여자아이들은 모두 피아노를 배웠다. 언젠가 반주자가 될 수도 있기 때문에. 그래서 여자아이들은 모두 같은 피아노 학원에 다녔다. 나만 빼고. 원장이 부친의 친구라고 했나, 나로서는 잘 이해가 안 갔기 때문에 잘 기억도 나지 않는 무슨 이유가 있었던지라, 아무튼 나만 다른 피아노 학원에 다녀야 했다.

12월이면 나 혼자 다니는 학원의 버스가 집 대신 교회 앞으로 찾아와 빵빵 경적을 울렸다. 그러면 나는 어쩔 수 없다는 표정을 지으며 교회 앞으로 달려 나갔다. 아무리 배워도 실력이 잘 늘지를 않아서 피아노 학원에 가는 것을 싫어했는데, 피아노 학원 차가 오면 성탄 전야 축하제 연습을 일찍 빠질 수 있어서 좋았다.

어느 날은 교회 목사님의 딸이 내 등 뒤의 벽을 짚으며 심각하게 물었다.

"너…… 교회가 중요해, 학원이 중요해?"

마을 사람들이 거의 다 교회에 다녔지만 일단 사람 수가 별로 많지 않았고 아이는 더욱 적어서, 모두들 춤추고 콩트 하고 노래도 하며 일인 다역을 맡아야 했다. 내가 맡은 역할이 아무리 사소해도 연습을 건성으로 해서는 안 된다는 의미였다.

"하나님이 중요하냐고, 학원이 중요하냐고."

내가 바로 대답하지 못하자 목사님의 딸이 다시 물었다. 목사님의 딸은 나보다 한 살 위 언니였고, 월하리에서 피아노를

'99 12 24

제일 잘 쳤다. 내가 무척 무서워하는 언니였다. 언니는 남자애들처럼 때리지도 욕을 하지도 않았는데 그래도 무서웠다.

조금 생각해 보다가 교회에는 일주일에 천 원씩을 헌금하는데 피아노 학원비는 한 달에 사만 원인가 오만 원인가를 내고 있었기 때문에,

"학원."

이라고 소신껏 대답했다.

눈물이 나도록 크게 혼난 다음 교회도 다니기 싫고 피아노학원도 다니기 싫어서 죽고 싶다는 생각을 했다.

열한 살 때였던 것 같다.

＊

월하리는 조금 이상하게 생긴 마을이다. 마을 앞에는 논이 있고 그 논을 긴 산줄기가 두르고 있다. 집들은 대개 평지에 있지만 마을 전체를 볼 수 있는 구역은 없다. 가장 높은 곳에 학교와 교회가 있는데, 학교나 교회에서 마을을 굽어볼 수는 없었다. 모두 작은 언덕과 산줄기로 가로막히고 둘러싸여 있기 때문이었다. 마을로 들어오는 찻길도 길게 뻗은 언덕을 도는 모

양으로 생겨서 읍내 방향의 시야도 막혀 있었다.

월하리를 싫어할 만한 이유는 백한 가지쯤 더 있었다. 그 모든 이유는 서로 보이지 않게 연결되어 있었다.

월하리의 모든 아이들 사이에서 나만 다른 학원에 다녔다. 우리 마을에 나와 동갑인 사람은 두 명이 더 있었고 나는 마침 두 사람의 집 중간 지점에 살았는데 한 아이와 조금이라도 친밀하게 굴면 다른 아이가 와서 화를 냈다. 그런데 그 둘은 나를 빼고도 잘만 어울렸다. 목사님을 제외한 월하리의 모든 아빠들이 농사를 지었는데 나의 부친은 레미콘 기사였다. 화장실이 밖에 있는 것도 우리 집뿐이었다. 동네가 작다 보니 별 희한할 것도 없는 박 씨 성이 드문 취급을 받았고 '박'이라는 글자가 들어가는 단어란 단어가 전부 내 별명이 되었다. 황금박쥐, 마빈 박사, 조롱박, 뭐 그런...... (다행히 다들 어휘력이 별로 좋지 않았다.)

부모님이 한집에 살지 않는 점 또한 나와 다른 아이들의 차이였다. 한번은 어떤 애가 내게 음료수를 뿌려 옷이 엉망이 되었다고 엉엉 운 적이 있다. 토요일이었고 학교 끝나자마자 서울로 가는 버스를 타야 했다. 아빠를 만나러 가야 하는데 옷을 망쳤다고 우는 나를 이해하는 아이는 없었다. 그 애들에게 아빠란 집에 가면 만날 수 있는 사람이니까.

모친이 그 시절의 난감함에 대해 투덜거린 적이 있다.

"위아래 빨간 체크무늬로 맞춤한 옷을 입고 네가 뽐내면서 터미널 안을 돌아다녀. 칭찬받고 싶어서. 그럼 어떤 어른이 그렇게 예쁘게 하고 어딜 가느냐고 묻지. 너는 서울 가요, 그리고 또 예쁜 척을 하는 거야. 그럼 그 사람이 서울 가서 뭐 하니, 또 물어. 아빠 만나러 가요, 너는 그래. 그 사람이 가만 엄마를 쳐다봐. 엄마가 서른한두 살 먹었을 때니까 얼마나 젊어. 그럼 그쪽은 아이고…… 하는 표정을 짓고 눈을 피하는 거야. 무슨 생각을 했겠어? 아빠는 서울 살고, 엄마는 너무 젊고. 뻔하고 딱한 집안이구나, 했겠지."

부친은 서울에서 레미콘 기사로 일하고 모친은 우리를 돌보며 철원에서 농사를 지었다. 주말에는 부친이 집에 내려오기로 약속되어 있었지만 때는 아파트가 죽순처럼 자라던 90년대 중반이라 부친은 무척 바빴다. 너무 바빠서 부친이 집에 오지 못할 때는 온 가족이 부친을 만나러 서울로 갔다. 동송시외버스 터미널에서 수유리까지 버스를 타고, 수유리에서 지하철을 타고 당고개역으로. 당고개역 앞 포장마차에서 떡볶이를 사 먹으며 부친을 기다리다가 차를 타고 또 한참 가면 부친이 혼자 지내던 작디작은 자취방이 나왔다. 가로 변으로도 세로 변으로도 우리 네 가족이 바닥에 누우면 꽉 차는 방이었다.

생애 첫 겨울 방학은 온통 그곳에서 보냈다. 나는 '주말 부부'와 '자취'의 뜻을 아는 여덟 살. 겨울 방학과 함께 텔레비전에서 만화 영화 〈천사소녀 네티〉의 방영이 시작되었다. 텔레비전을 보랴 네티를 따라 그리랴 바빴다. 아홉 살이 되자 내가 네티를 제법 잘 그리는 것 같다는 생각이 들었다. 적어도 여덟 살 때보다는 나았다. 불과 며칠 전까지도 여덟 살이었지만 그런 생각이 들었다.

부친의 자취방에서 10분 정도 걸어가면 상가가 나왔다. 작은 슈퍼마켓, 식당 몇 곳 그리고 비디오 대여점. 철원 읍내의 번화가보다도 작아 정말이지 보잘것없는 상가였지만 그때는 완벽하다고 생각했다. 비디오 대여점이 있었으니까. 부친의 자취방을 나오면 바로 차가 쌩쌩 달리는 찻길이었고 인도가 없었기 때문에 나와 동생이 모친 뒤에 줄을 서서 조심조심 걸어야 그곳에 다녀올 수 있었지만, 매번 모친을 따라가 만화 영화 비디오를 빌려 왔다. 〈인어공주〉, 〈알라딘〉, 〈우주소년 아톰〉. 방도 작았지만 텔레비전은 더 작아서 나와 동생은 자꾸자꾸 앞으로 나가면서 그것들을 보았다. 불을 끄고 만화 영화를 보면 방이 더는 작게 느껴지지 않았다.

＊

　부친과 한집에서 연속으로 한 달 넘게 지낸 것은 그때가 처음이자 마지막이었던 것 같다. 내가 스무 살이 넘을 때까지도 부모님은 계속 주말 부부, 때때로 월간 부부였기 때문이다.

　그 겨울을 왜 서울에서 보내야 했을까? 아마 우리 집이 새로 지어지고 있어서였을 것이다. 〈천사소녀 네티〉가 나온 1996년은 전무후무한 홍수가 철원을 덮친 해이기도 했다. 산사태로 수많은 사람이 목숨을 잃었다. 오래된 집을 사들여 조금 개조한 상태로 살던 우리 집. 연탄보일러와 슬레이트 지붕이 특징이었던 그 집도 야트막한 산 아래 있었는데, 물이 차올라서 대피했다 다시 돌아와 보니 집이 기울어져 있었다(고 들었다. 위험해서 어른들끼리만 갔다). 헌 집을 허물고 새집을 지을 동안은 친척과 이웃 들의 집을 전전하며 학교에 다녔는데, 겨울 방학에는 부친의 자취방에서 온 가족이 모여 살았던 것이다.

　나로 말하면, 부친과 같이 사는 생활도 물론 좋았지만 교회나 학교에 가지 않아도 되는 것이 최고로 좋았다. 그 방에는 모친과 동생과 나뿐이어서 심심하고 외로웠지만 학교에서도 교회에서도 외톨이가 아니었던 적이 별로 없어서 큰 차이를 느끼지 못했다. 새집을 지어 철원으로 돌아가기보다 그곳에서 부친과 같이 살며 서울 학교에 다니기를 바랐다. 그렇게 조르자 부모님은 철원에서도 잘 지내지 못하는 내가 서울 아이들 사이에서라고 다를 리 있겠느냐며 타일렀다.

새집은 화장실이 집 안에 있었다. 방은 세 개나 되었다. 하나는 안방, 하나는 나와 동생이 같이 쓰는 방, 나머지 하나는 손님방이 되었다. 열 살 되던 겨울부터는 먼 곳에 사는 친척들이 놀러 와 손님방에 묵었다. 나의 모친은 전남 사람인데 어쩌다 철원 사람인 부친과 결혼해 버려서 친정집에 10년 가까이 찾아가 보지 못했기 때문이다. 제일 먼저 외할머니 외할아버지가 철원으로 올라왔다. 딸 중에 막내였던 우리 모친을 만나려고. 목포에서 철원까지 대략 열 시간이 걸렸다고 했다.

외할머니와 외할아버지는 집 밖으로 한 발짝도 내놓지 않고 겨울을 보냈다. 목포에서 온 두 노인에게 철원의 겨울은 기가 막히게 혹독하게 느껴졌을 것이다.

그런 겨울을 열 번이나 보냈고 이후로도 몇십 번이나 보내게 될 당신들의 막내딸, 나의 모친을 두고 두 분이 어떤 마음을 품었을지를 지금의 나로서는 완전히 이해하기 어렵다.

119

＊

외할머니 외할아버지가 살던 곳으로 돌아갈 때 나는 울었던 것 같다. 두 분을 너무 사랑해서가 아니라 나를 데려가 주었으면 해서.

밤이 오는 건 누군가 서서히 냄비 뚜껑을 덮고 있기 때문이라는 상상을 나는 자주 했다. 마을 크기의 커다란 냄비에 우리 모두 갇혀 있다고. 겨울밤이 긴 까닭은, 겨울에는 냄비를 더 오래 끓여야 하기 때문일 거라 생각했다. 철원의 겨울밤은 길고 길고 길었다.

소설가가 되고 싶다는 이야기를 꺼냈을 때 부친이 해 준 이야기가 있다.

"여기에서 자랐다는 게 언젠가 너에게 큰 자산이 되어 줄 거다."

부친이 내게 해 준 문학적 조언 중에 실질적으로 도움이 된 것은 거의 없는데 이 말만은 가끔 생각이 난다. 그 또한 크게 좋은 의미에서 떠오르는 것은 아니다.

언제든 나는 냄비에서 뛰쳐나가고 싶었다. 이 냄비 속에서 만들어지고 있는 요리에 나는 전혀 어울리지 않는 재료 같아서. 누군가 나를 꺼내 주지 않으면, 내가 곧 녹아서 완전히 사라질 것 같았다. 가끔은 숨이 막히기도 했다. 정말로, 실제로, 물리적으로.

그런 생각을 한 지 거의 10년이나 지나서야 내 소원은 이루어졌다.

＊

나는 스무 살에 서울로 이주했다. 대학에 가야 했기 때문에.

공부를 열심히 하지는 않았지만 대학은 반드시 서울로 가고 싶었다. 그러면 내 삶이 지금까지와는 완전히 달라질 거라고 믿었다. 어떻게 달라질 것인지 잘 상상하지 못하면서도.

어쨌든 내 믿음은 이루어졌는데, 그건 막연히 생각한 것과도 무척 다른 방식이었다. 19년간의 긴 겨울과 갑자기 그러나 마침내 작별하게 되었을 때, 나는 안도하고 설레했던 것 같다. 다시는 그 겨울로 돌아가지 않겠다고 약속했다. 스스로에게 여러 번 맹세하고 다짐받았다.

나는 그 겨울을 떠올리지 않는다. 그리워하지 않는다. 아무런 미련도 남기지 않는다.

그런데 돌이켜 보면, 나는 주로 겨울에 자란 것 같다.

철원의 서련에게

　박서련 어린이, 당신은 스스로를 소개할 때마다 가장
먼저 "철원에서 태어났다."고 고백하는 어른으로 자라게
됩니다. 이 글을 쓰면서도 그랬듯이 말입니다.

　매번 그렇게 말하게 되는 이유를 나는 모르겠어요. 고
향을 무척 사랑해서나 자랑스러워해서는 아닌 것 같습
니다. 그렇다면 좀 더 뽐내듯 말할 수도 있을 텐데, 그러
지는 않으니까요.
　아마도 나는, 그러니까 어른이 된 당신은, 어떤 사실은
받아들이는 것만으로 충분하다고 생각하게 된 것 같습
니다. 애써 긍정할 필요도 부정할 필요도 없는 일들이 있
어요. 어떤 일은 일어나고, 나에게 영향을 미치지만, 그
일에 커다란 의미를 부여할 필요는 없다는 것을 안 거예
요. 의미가 있다면 언젠가 알게 되겠지요. 애써 찾지 않
아도 말이에요.

　당신은 철원에서 나고 거기에 오래 살았습니다. 아름
다운 고장이지요. 겨울이 무척 길고요. 언젠가 그곳으로

돌아가 살 마음은, 지금으로서는 없습니다. 다녀올 때마다 조금씩 당신이 자랄 때와 다른 점들을 발견하면서 묘하게 쓸쓸한 마음도 품지만 왜 그런 마음이 되는가를 설명할 말은 아직 찾지 못했습니다. 하지만 언젠가 정확히 말할 수 있게 되리라는 희망 또한 품고 있습니다. 언젠가, 언젠가 말입니다.

그 언젠가를 그리고 있다는 것은 당신이 아직도 자라고 있는 중이라는 의미가 아닐까요?

❄

따뜻한 남쪽, 부산에 평생을 살면서 그런 함박눈은 처음이었다.
그 풍경을 나도 멍하니 바라보는데 참아 왔던 눈물이
울컥하고 터졌다. 그동안 그려 왔던 수천 장의 그림들처럼,
참고 또 참았던 마음들이 눈송이 하나하나에 담겨
세상에 펑펑 쏟아졌다.

나의 마지막 겨울 방학

봉현

봉현

글을 쓰고 그림을 그리는 8년 차 프리랜서.
여행, 일상, 반려동물, 연애와 사랑에 관한 네 권의 에세이를 냈으며
메일링 뉴스레터 〈봉현 읽기〉를 통해 계속 글을 쓰고 다수의 책과 매체에 그림을
더하고 있다. 겨울밤의 외로움은 두렵지만, 겨울 새벽의 글쓰기를 좋아한다.

눈이 오면 떠오르는 장면들이 있다. 연애가 끝나고 그 사람이 선물했던 목도리에 눈물을 훔치며 걷던 홍대 거리, 높은 천장이 유난히 춥고 외로웠던 베를린의 방, 여백이를 떠나보내고 울다 지쳐 몇 겹의 잠옷과 이불을 감싸 안고도 덜덜 떨었던 날. 그런 겨울들은 유난히 더 추웠다. 그해의 혹한이 어느 정도의 수치였는지와는 상관없이, 심장이 얼어 버릴 것처럼 견디기 힘든 겨울들이 있었다.

몰랐다. 사는 게 이렇게 어려운 일인 줄은.

매일매일이 낯설고, 매 순간마다 나 하나 살기 위해 애써야 함을 알게 된 건 어떤 찰나의 순간이 아니었다. 알게 모르게 내리는 빗방울에 옷이 젖듯, 노란 햇빛에 천천히 피부가 타듯, 오랜 시간에 걸쳐 조금씩 그 사실을 알게 된다.

만약 영원히 몰랐다면, 깨닫지 않았다면, 뭔가 달랐을까. 사는 게 조금은 수월했을까? 원하는 게 없었다면 노력할 필요도 없었을까? 죽고 싶다는 생각이 들 만큼 생존하는 것에 깊게 몰두하지 않고 대충 살아가졌을까. 그저 주어진 생을 살다가 적당한 때에 죽을 수 있었을까.

하지만 그런 깨달음을 마음에 품은 나는 이 생을 적극적으로 잘 살고 싶다.

흘러가는 대로 살지 않으려면 끊임없이 노력을 해야 한다. 타고난 것 이상을 원한다면 나의 한계 이상으로 해야만 한다. 계속 시도하고 지겹도록 반복하며 안 될 것 같아도 해 봐야 한다. 그 시간은 힘겹고 막막하다. 이 사실을 처음 깨달은 건, 열아홉의 겨울이었다.

※

초중고 내내 공부도 그럭저럭, 매년 학급 임원을 하고 친구 관계도 원만했다. 무엇보다 나는 그림을 잘 그리는 아이. 부산의 높은 언덕 어디쯤에 있는 4층짜리 학교 건물 안에서 그림을 제일 잘 그리는 사람은 언제나 나였다. 다른 건 몰라도 그림만큼은 늘 1등이었다. 당연한 듯 그림으로 상을 받았고 친구들의 동경과 어른들의 칭찬을 들었다.

좁은 우물 속에서 우쭐해진 개구리는 우물 밖 세상에서도 나의 능력을 선보이고 싶어진다. 더 밝은 곳, 더 넓고 멋진 곳에서더 큰 칭찬과 인정을 받고 싶다. 여기는 너무 좁고 내게는 어울리지 않아, 서울로 갈 거야. 그건 내 인생의 당연한 수순이라고 생각했다. 한 치의 고민도 의심도 없이.

그렇게 서울에 있는 대학교를 가기 위해 미술 학원에 다니기 시작했다. 중학교부터 입시 학원에 다니던 친구들과 달리, 나는 고2가 되어서야 본격적인 입시 미술을 준비했다. 목표는 S대와 K대 만화·애니과였다. 대한민국 교육이 으레 그렇듯, 기본기를 먼저 다져야 한다며 소묘 수업부터 받았다. 샤프와 펜이 아닌 4B연필을 커터 칼로 길게 깎고, 만화 용지가 아닌 4절지를 이젤에 올렸다.

처음에는 줄 긋기, 그다음엔 석고로 만든 정사각형 박스를 그리라고 했다. 이어서 원통을 그리고, 구를 그리고, 사과를 그렸다. 그 옆에는 수십 명의 학생이 석고상 주위에 빙 둘러앉아 그림을 그리고 있었다. 내가 사과를 그리든 말든 아무도 신경 쓰지 않았다. 나 또한 이걸 왜 그리는 거지…… 하는 마음이었지만, 한 장 두 장 쉽게 그려 냈다. 그리고 며칠 지나지 않아 나도 맨 뒤쪽에 앉아 석고상을 그리기 시작했다.

아그리파. 코와 볼이 통통하고 윗머리 양쪽이 살짝 벗어진 곱슬머리 아저씨. 못생겨서 그리기 싫다고 생각했다. 그간 잘생기고 예쁜 만화 속 캐릭터들만 그려 왔으니까. 하지만 새로운 방식의 그림 그리기는 나름 신선했다. 내 눈에도 잘생긴 줄리앙과 비너스로 넘어가는 시점부터는 점점 재밌어졌다.

입시 학원에서는 석고상 하나를 3~4일 정도 그려서 완성하면 한쪽 벽에 모두의 그림을 한눈에 보이도록 쭉 펼쳐 두고 평가를 했다. 구석에 조용히 놓여 있던 내 그림은 조금씩 중간 쪽으로 가까워졌고, 두 달쯤 되었을 때 선생님은 내 그림을 집어 정 가운데 놓았다. 내가 봐도 내 그림이 가장 눈에 띄었다. 아주 잘 그렸다는 칭찬에 몇몇 아이들은 대놓고 나를 흘겨봤다. 재수 없다는 눈빛이었다. 몇 년 동안 수백 장을 그려 왔는데, 어디서 갑자기 두 달도 안 되어서, 같은 과 입시를 준비하는 것도 아니고 기초랍시고 끼어든 애가 칭찬을 받으니 그 애들 입장에서는 내가 무척 싫었을 것이다. 하지만 그때의 나는 그런 시기와 질투를 신경 쓰고 눈치 볼 성격이 아니었다. 그러거나 말거나 나는 우쭐한 기분에 취해 더 신나게 그렸다. 내 그림 속 석고상들은 갈수록 멋지고 단단하게 빚어졌다.

서너 달 동안 몇 개의 석고상을 좌우 180도로 돌려가며 반복해서 그렸다. 다채로운 만화 속 얼굴만 그려 왔던 나는 점점 그 얼굴들이 지겨워졌다. 석고상을 안 보고도 어떻게 생겼는지 알고, 그냥 복사기처럼 종이 위에 찍어 내는 기분이었다. 점점 능숙해져서 점점 잘 그렸지만…… 점점 재미가 없었다. 잘 그렸다는 칭찬도 그냥 그랬다. 늘 하던 대로 똑같이 그렸으니, 늘 똑같은 칭찬으로 느껴졌다. 지루했다.

그러던 어느 날 소묘반 선생님이 나를 불렀다.

"만화과 입시하려고 온 건 아는데, 혹시 서울대나 홍대 회화과 시험 쳐 볼 생각은 없니? 학교 성적도 괜찮고 너라면 충분히 가능할 거 같은데."

서울대? 홍대? 혹하는 단어였다. 오, 서울대 가면 우리 학교에 플래카드 붙겠네. 부모님도 친척들에게 동네방네 자랑할 수 있겠네. 그렇지, 그림 좀 그린다 하면 홍대겠지? 홍익대 출신 미술 작가. 멋진 거 같아.

"아…… 부모님이랑 상의해 볼게요." 하며 겸손한 척했지만, 속에선 치기 어린 자신감이 하늘을 치솟았다. 몇 년 동안 해 온 수십 명의 학생들을 나는 몇 개월 만에 따라잡았어. 역시 나는 그림에 재능이 있어. 인정받는 기분이 좋았다.

정말 서울대 시험이나 쳐 볼까, 하는 오만하고 가벼운 생각으로 계속 소묘반을 다녔다. 그날은 줄리앙을 완성했다. 어느 때보다도 정말 심도 있고 깊이 있게 잘 그려진, 과장 조금 보태어 실제로 튀어나올 것같이 선명하고 잘생긴 줄리앙이었다. 선생님이 박수를 쳐 줬고 아이들은 내 그림을 계속 들여다봤다. 갑자기 맥이 탁 풀렸다. 더는 이걸 그리고 싶지 않았다.

*

수십 명의 학생이 꽉 차 있던 크고 넓은 소묘반과는 달리, 만화반은 열 명도 채 되지 않았다. 작은 교실에 옹기종기 모여 앉아 매일 다른 것들을 그렸다. 흑연과 지우개 가루뿐이던 소묘반과 달리, 수채화와 색연필, 마카와 잉크 등 온갖 재료를 사용한 컬러풀한 그림들로 가득했다. 친구들과 서로의 그림을 나눠

보며 즐겁게 그림을 그렸다. 그런데 자꾸만 뭔가 이상하다는 기분이 들었다. 나는 입시생인데, 놀러 온 게 아닌데. 너무 재밌었다. 지나치게 재밌었던 것이다.

만화반 선생님은 입시 학원 강사보다는 아티스트, 작가에 가까운 사람이었다. 개성이 넘쳤고 가치관이 명확했다. 그림을 그리는 게 너무 좋고 행복하다는 마음이 표정에 다 드러날 만큼, 밝고 반짝이는 분이었다. 선생님은 늘 "그리고 싶은 것을, 그리고 싶은 대로 그려."라고 말해 주었다. 언제나 평가가 아닌 칭찬을 해 주었고 지금 돌아보아도 정말 멋진 사람이었다. 하지만 그때의 나는 그런 칭찬이 달갑지 않았다. 마음속에서 점점 불만이 쌓여 갔다. 실력의 변화 없이 계속 뻔한 것만 그리고 있는 것 같았다. 빨리 더 잘 그리고 싶고 꼭 대학에 합격하고 싶은데. 돈을 내고 학원에 다니고 있는데 아무것도 얻지 못하고 있는 기분이었다.

결국 시내에 있는 만화 입시 전문으로 가장 유명한 학원에 가 봤다. 슬쩍 수업에 참관한 나는, 체계적이고 엄격한 커리큘럼을 보고 '세상에, 나 지금껏 시간 낭비를 하고 있었던 걸까.' 하는 충격에 빠져 바로 학원을 옮겼다. 만화반에서 동고동락했던 친구 중 한 명은 내가 학원을 옮긴다는 사실에 분노했다. 입시에 눈이 멀어 의리를 저버렸다고, 나를 배신자라고 욕했다. 나는 그 말을 무시하고 학원을 나왔다.

*

옮긴 학원은 첫날부터 혼란스러웠다. 두꺼운 인체 해부학책을 건네주더니 그걸 처음부터 끝까지 달달 외우듯 그리라고 했고 매주 시험을 봤다. 쉬운 포즈와 예쁜 표정만 그리던 나에게 사실적인 인체는 오히려 이질적이었다. 매 순간이 좌절의 연속이었다. 식은땀을 뻘뻘 흘리며 한 페이지씩 간신히 넘겼다. 그동안 그려 왔던 그림이 모두 헛것처럼 느껴졌다. 단 한 번의 작은 칭찬조차 들을 수 없었다. 꾸역꾸역 학원에 다니던 어느 날, 선생님이 나를 조용히 불렀다.

"내가 따로 학원을 차릴 건데, 같이 나가지 않을래?"

이름만 들어도 다 아는 유명하고 큰 학원, 수백 명의 학생들과 열 명 남짓의 선생님. 그중 두 명의 선생님이 따로 학원을 차릴 계획을 세우고 있었다. 몰래 학원 수강생 중 몇몇을 데려가려던 중 등록한 지 얼마 안 된 나에게도 제안을 한 것이었다. 학원 운영진과 선생님들 사이에 어떤 트러블이 있었는지 어른들의 사정은 알 수 없었지만 나는 얼떨결에 그러겠다고 했다.

그렇게 두 번이나 배신자가 되고 나서 찾아간 학원은, 동래와 명륜역 사이에 위치한 낡은 건물의 옥탑방이었다. 간판도 이름도 없는 학원. 아니, 학원이라기보다는 작업실에 가까운 방두 칸의 교실. 지금 돌아보면 정식 등록된 학원도 아니었던 것 같은데, 매번 현금으로 보냈던 몇십만 원에서 기백만 원에 달하는 학원비는 어떻게 운영되었던 걸까. 그 당시 나는 세상 물정을 몰랐고 부모님이 내주는 학원비의 부담은 외면하며 입시에만 매달릴 뿐이었다. 무조건 합격해서, 서울에 가고 싶었다.

학원 업계의 배신자처럼 되어 버린 선생님 둘. 그들을 따라온 몇몇의 학생들. 재수생이 다섯 명, 입시생이 둘, 예비생이 둘. 다 합쳐도 열 명이 채 되지 않는 우리들은 비밀 단체처럼 모여 그림을 그렸다. 그래도 선생님들은 몇 년간 합격생을 배출해 낸 실력이 있었다. 사실상 이전 학원의 커리큘럼과 동일했는데, 수십 명이 아닌 적은 인원이라 반쯤 과외받는 것처럼 그림을 배울 수 있는 게 장점이었다. 수많은 만화책의 장면들을 따라 그리고, 배경 구도의 원리를 공부하고, 옷 주름과 형태를 연구하며 인체 해부학책을 수십 번 반복해서 그렸다. 그림을 공부하고 있다는 기분을 처음 느꼈다.

학원에서는 매일 숙제를 내주었다. 어떤 날은 팔과 다리를 스무 개씩, 다음 날은 손을 삼십 개, 인물 크로키를 열 개, 그런 식으로. 나는 단 한 번도 빠지지 않고 모든 숙제를 해 갔다. 학교 쉬는 시간에 늘 장난처럼 그리던 예쁜 여자아이가 아닌, 사실적인 인물의 표정과 인체를 그렸다. 수업 시간엔 교과서 뒤에 스케치북을 몰래 숨겨 놓고 그림을 그렸고 점심시간에는 친구들이 차례로 줄을 서서 크로키 포즈를 취해 주었다. 뻔하고 예쁘기만 하던 내 그림이 점점 달라졌다. 머리의 골격, 눈과 코의 비율, 팔과 다리의 근육, 움직임에 따른 몸의 형태감…… 조금씩 '사람 그리는 법'을 습득해 나갔다. 학교 공부는 뒷전으로 미루고 정말 그림만 그렸다.

다행히 학교 성적은 적당한 상위권을 유지했다. 그런데 사실 나는 단 한 번도 최선을 다해 공부해 본 적이 없었다. 어린 시절 책을 많이 읽은 덕분인지 언어 쪽 성적은 늘 좋았는데, 그림을 그리느라 학교 공부에 거의 손을 놓다시피 했더니 수리 영역의 점수가 급속도로 떨어졌다. 수학 성적이 최하로 떨어졌던 날,

엄마가 그래도 기본은 해야 하지 않겠느냐고, 그림도 그림이지만 공부 좀 하라고 말했다. 나는 버럭 소리를 지르며 화를 냈다. 방문을 쾅 닫고 들어가 수학책을 집어 던지고 그림을 그렸다. 엄마와 사이가 정말 안 좋은 때였다. 일기장에 엄마가 너무너무 싫다고, 엄마가 나를 너무 괴롭힌다고 썼다. 돌아보면 엄마는 나를 그렇게 몰아붙인 적이 없었는데도.

그때의 나는 예민했고 날카로웠다. 그동안 학교생활도, 공부도, 그림도 적당히 해 왔고 그럭저럭 좋은 결과였다. 하고 싶은 대로 하고 그리고 싶은 대로 그려도 별 아쉬움이 없었는데, 처음으로 생각처럼 잘되지 않았다. 내 기대만큼 내가 못하고 있음에 자존심이 상했고 그림을 그리는 게 너무 어렵고 막막했다. 마음처럼 잘 그려지지가 않았다.

분하고 화가 났다. 공부고 뭐고 학교를 때려치우고 싶다는 생각도 했는데, 어쩔 수 없는 열아홉 학생의 신분에 무슨 선택권이 있겠는가. 부모님의 지붕 아래, 학교의 굴레 안에, 학원의 압박 속에 하루하루가 흘렀고 마지막 학창 시절 1년, 고3을 맞이했다.

＊

고3이 해내야 하는 일정은 상상 이상이었다. 당시에는 0교시라는 것이 있었는데, 내가 다닌 학교는 심지어 -1교시를 했다. 해가 뜨기도 전에 학교를 가서 두 시간 동안 자습을 하고 나서야 본 수업이 시작됐다. 여섯 시간을 공부하고 나면 짧은 점심 시간, 오후 수업이 끝나면 또 밤 10시까지 야간 자율 학습. 그중 3일은 저녁에 학원 가서 그림을 그렸다. 매일 밤 11시가 넘어 집에 왔다. 그리고 학원 숙제와 학교 숙제를 새벽 2시까지 했다. 세 시간 정도 자고 나면 또 학교에 가야 했다.

선명하게 기억난다. 일어나라고 나를 깨우던 엄마의 세 번째 말에 소리를 꽥 지르며 일어나, 눈도 못 뜬 채로 욕실로 들어가 세면대에 고개를 처박고 울었던 날.

머리를 감으면서 엉엉 울었다. 욕실이 울릴 만큼 오열하면서도 손은 샴푸를 짜고 머리를 헹구고 있었다. 머리에서는 물이 뚝뚝 흘러내리는데 기계적으로 교복을 입고 가방을 챙기다가 바닥에 주저앉아 울었다. 그 와중에도 학교 늦을까 봐 오 분 정도밖에 울지 못하고 소맷자락으로 눈물을 닦으며 집을 나섰다.

아파트 앞에서 기다리고 있던 봉고차를 타면 나를 비롯해 아이들 모두 아무 말이 없었다. 나중에 어떤 영화에서 인력 시장으로 무력하게 실려 가는 노동자들의 표정을 보곤 그때의 우리와 닮았다는 생각을 했다. 학교로 가는 이십 분 남짓 되는 시간 동안, 멍하니 창문 밖을 내다보던 매일의 어둑한 새벽.

매일 오후 2시 반에는 코피가 터졌다. 어김없이 매일매일 코피가 터졌다. 당연한 듯 피를 닦으며 대수롭지 않게 넘길 만큼. 오른손 옆에는 항상 연필이 묻어 새카맸고, 중지의 가운데 마디가 터져서 진물이 났다. 일주일에 크로키북을 두 권씩, 한 달에 여덟 개씩 써 가며 그림을 그렸다. 어느새 손가락의 상처는 굳은살로 바뀌었다.

무언가를 그렇게 열심히 해 본 적이 없었다. 부모님은 언제나 내가 하고 싶은 것을 다 해 보게 도와주셨다. 갖고 싶은 물건도 웬만하면 사 주셨다. 피아노 쳐 보고 싶다고 했다가 금방 그만두고, 록 음악에 꽂혀 기타 쳐 보고 싶대서 사 줬더니 금방 먼지가 잔뜩 쌓이고, 만화 그린다고 비싼 종이에 잉크에 스크린 톤을 종류별로 사 모으고 낭비해도…… 하고 싶으면 일단 해 보라고 했다. 아쉬움 없이 뭐든 해 볼 수 있었고, 뭘 해도 늘 적당히

했다. 하지만 쉽게 얻은 기회와 목표가 없는 호기심은 흔적도 없이 바스러질 뿐이었다. 금세 흥미가 떨어졌다.

그랬던 내가 처음으로 뭔가를 욕심내고, 명확한 목적과 목표를 가졌던 것이다. 이때 내가 느낀 감정은 좌절과 분노였다. 조급한 마음과 달리 더딘 성장. 나보다 더 잘하는 주위 사람들. 영원히 끝나지 않을 것만 같은 분량의 숙제들과 점점 다가오는 시험 날. 야심 차게 목표했던 것이 내 짐작보다 훨씬 더 좁고 높은 지점에 있다는 것을 알면 알수록 더욱 그랬다. 이 작은 학원에서도 다들 나보다 잘 그렸고, 전국에 걸쳐 경쟁자는 넘쳐 났다. 옆에서 매일매일 성장하는 언니 오빠 들을 보면 더 초조해졌다. 재능이라 믿었던 것은 비루하게 느껴졌고 반짝임은 사라졌다. 나는 정말 작은 우물 속의 개구리였다. 그럭저럭인 재능을 감싸던 영혼 없는 칭찬에 힘입어 한껏 도도했던 아이가 자라서, 그렇다고 어른도 아닌 애매한 나이 즈음에 처음으로 마주한 커다란 벽. 그 앞에서 나는 속수무책이었다. 왜 그리는지 뭘 그리는지도 모르면서 닥치는 대로 시키는 대로 그릴 뿐이었다. 그림 그리는 게 즐겁다는 기분은 잊은 지 오래였다.

＊

어찌어찌 수능 날이 일주일 앞으로 다가왔다. 학원을 쉬면서 그림을 그리지 않고 문제집만 푸는 하루하루가 오히려 평화로웠다. 수능 압박감에 덜덜 떨던 친구들과 달리 나는 이상하게 마음이 편안했다. 무덤덤하게 수업을 듣고 공부를 했다. 밤늦게까지 자율 학습을 하다가 친구들과 삼삼오오 모여 운동장을 걷는 잠깐의 순간들이 좋았다. 운동장을 빙글빙글 돌다가 문득 학교를 바라봤다. 환하게 불이 켜진 한밤의 고등학교. 몇 주 후에 우리는 이곳을 영영 떠나겠지. 각각 어딘가로 뿔뿔이 흩어지겠지. 부산 어딘가로, 지방 어딘가로. 나는 서울로 갈 거라고, 다시 한번 굳게 되뇌었다.

수능 결과는 예상한 점수 그대로였다. 시험이 끝나자 친구들은 소리를 지르며 서면의 옷가게로, 노래방으로, 영화관으로 달려갔다. 나는 학원으로 갔다. 그날은 내 생일이었다. 미역국을 먹고 수능을 봤지만 아무 상관없었다. 사실상 이제부터가 내 진짜 시험의 시작이었으니까.

수능이 끝난 고3들은 느지막이 등교를 해서 영화를 보거나 낮잠을 자며 인생의 첫 해방감을 만끽한다. 마음 편한 친구들 옆에서 나는 책상에 고개를 박고 그림을 그렸다. 오후에는 조퇴를 하고 학교를 나왔다. 혼자 텅 빈 운동장을 가로질러 언덕을 내려오면 친구들의 웃음소리가 천천히 멀어졌다. 장갑을 단단히 여미고 목도리를 질끈 싸맸지만, 교복 치마에 스타킹 한 겹뿐인 다리가 덜덜 떨렸다.

수능 날을 기점으로 날씨가 영하로 떨어졌다. 정류장 앞 분식집에서 오뎅 국물을 호호 불어 마시다, 김밥 한 줄을 사서 버스를 탔다. 학원까지는 버스로 한 시간 반 정도, 식사 시간이 따로 없어서 가는 버스에서 끼니를 때워야 했다. 꾸역꾸역 김밥을 먹고 창가에 기대 잠시 눈을 붙였다.

학원에서는 입시장의 실전처럼 네 시간짜리 시험을 하루에 두 번씩 봤다. 완성을 하지 못하면 맞았다. 숙제를 안 해 오면 맞았다. 어떻게든 완성을 해도 못 그렸다고 맞았다. 숙제를 다 해도 개수만 대충 채웠다고 맞았다. 어떤 이유로든 매일 각목으로 엉덩이를 맞았다. 체벌이 정신 교육이라고 믿던 시대였다. 앉을 수가 없어서 서서 그림을 그려야 했지만 못 그리는 내 탓이라고 생각했다. 시퍼렇게 멍이 든 엉덩이를 엄마에게 감추느라 목욕탕 갈 시간이 어디 있느냐고 짜증을 냈다. 엄마가 알면,

아니 아빠가 알면 학원에 찾아가 뒤집어엎을 게 뻔했다. 그러면 나는 학원에 다니지 못하겠지. 선생님들이 죽도록 미웠지만, 참았다. 난 그들이 필요했으니까.

　본격적인 겨울 방학이 시작되자 친구들은 매일 늦잠을 자고 신나게 놀러 다녔다. 나는 아침부터 밤까지 학원에 있었다. 선생님에게 맞지 않기 위해, 옆자리 언니보다 잘 그리기 위해, 어제 못 그렸던 배경을 오늘은 제대로 그리기 위해…… 이를 악물고 그렸다. 숨 쉴 틈도 없이 매일매일이 똑같이 흘렀다. 이때쯤의 나는, '그림을 잘 그리고 싶다.'가 아닌 '대학에 합격해 서울에 가겠다.'라는 생각뿐이었다. 사실 서울에 가는 것만이 목적이었다면 차라리 소묘 열심히 해서 회화과 입시를 준비하는 게 나았을지도…… 하는 생각까지 스쳤다. 고집을 피웠던 건 자만이고 욕심이었을까. 하지만 이제 와서 아무것도 돌이킬 수 없었다.
　원하는 게 뭐였는지, 왜 그림을 잘 그리고 싶은 건지조차 혼란스러웠다. 내게 그림이 어떤 의미인지 뭘 그리고 싶었는지 그런 것 따위, 아무 상관 없었다. 확신도 가능성의 확률도, 그 무엇도 예측할 수 없지만 어제도 오늘도 내일도 그저 하라는 것을 하는 수밖에. 그렇게 하루하루가 흘러갔다.

＊

그해 겨울은 유난히 추웠다. 그날도 버스를 타고 학원에 가
는 길이었는데, 창밖에 눈이 내렸다.

눈이 펑펑 왔다. 따뜻한 남쪽, 부산에 평생을 살면서 그런 함
박눈은 처음이었다. 모두 멈춰 서서 환한 미소로 하늘을 바라
봤다. 그 풍경을 나도 멍하니 바라보는데…… 참아 왔던 눈물이
울컥하고 터졌다.

'너무 힘들어. 너무 무서워. 나, 정말 해 볼 만큼 해 보고 있는
데, 그랬는데도 안 되면 어떻게 되는 거야? 실패하면 어떻게 되
는 거야? 이렇게 뭔가를 간절히 원해 본 적이 없는데. 그래서
그만큼 최선을 다했는데. 이렇게 최선을 다해도 안 되는 일이
있다면, 그럼 어떻게 해야 해? 이것보다 더 열심히 해야 하는
걸까? 난 최선을 다한 게 아니었을까? 혹시 처음부터 다 잘못
된 건 아니었을까? 모르겠어. 내가 잘하고 있는 건지.'

'04 12 26

아름답게 내리는 눈. 버스 안에 울려 퍼지는 따스한 겨울 노래. 사람들의 행복한 웃음소리. 그 사이에서 열아홉의 나는 처음으로 인생의 쓴맛을 곱씹으며 울었다.

실패해도 아무도 책임져 주지 않는다. 누구를 탓할 수도 없다. 노력은 이렇게나 힘겹고 어려운 것이었다. 무언가를 바라는 절실함이 크면 클수록, 잃는 것과 포기해야 하는 것도 많다는 것을 뼈저리게 느끼며 힘겨워 울었다. 그동안 그려 왔던 수천 장의 그림들처럼, 참고 또 참았던 마음들이 눈송이 하나하나에 담겨 세상에 펑펑 쏟아졌다.

✳

결국 나는 합격했다. 제일 원했던 학교에 당당하게 합격했다. 남은 방학은 짧았지만 그래도 그 기간 동안 실컷 자고 실컷 먹고, 신나게 놀고 맘 편히 쉬었다. 학원을 함께 다니던 오빠와 풋풋한 연애도 했고, 친구들과 여행도 갔고 엄마와 사이도 좋아졌다.

모든 게 해피 엔딩이었다. 결과가 좋았고, 학교 선생님들도 친구들도 내게 대단하다고 수고했다고 말했다. 예전의 나였더라면 자랑하고 또 자랑하며 기쁨을 만끽했을 텐데, 그때의 나는 그냥 '그렇게 되었다.'라고 웃어넘겼다.

노력에는 한계가 없었다. 죽도록 노력한다고 반드시 결과가 따라오는 것은 아니었다. 1에 1을 더하면 2를 얻을 수 있어, 라는 수식으로 세상은 흘러가지 않는다. 나름의 최선을 다했고 운도 따라 줬을 뿐이라는 것을 직감했다.

만약 합격하지 못했다면, 불합격 앞에서 나는 뭐라고 말할 수 있었을까. 어떤 종류의 후회를 했을까. 학원을 옮기지 말고 큰 학원에 있었어야 했다고, 일주일에 크로키북 두 권이 아니라 세 권을 그렸어야 했다고, 학원 가는 버스 안에서도 졸지 말고 그림을 그렸어야 했다고, 아니 학교를 때려치우고 그림만 그렸어야 했다고…… 온갖 구질구질한 후회를 끌어다가 나를 자책했을지도 모른다.

재능이나 환경으로 퉁칠 수 있는 영역은 제한적이다. 또 다른 단계로 발을 내디디려면 어떤 대가가 필요한지를 경험했다. 가장 큰 고비 같았던 벽을 처음으로 넘고 나니, 이전에는 없었던 묘한 긴장감이 몸에 뱄다. 어렴풋이 느낄 수 있었다. 앞으로의 삶에서 이 정도는 아무것도 아닐지도 모른다고. 계속 이런 벽들이 내게 닥쳐올 거라고.

✳

어떤 시간을 지나오고 나면 삶은 완전히 다른 풍경으로 바뀌어 버린다.

그렇게 세상을 보는 눈이 달라진 스무 살이 되어 부산을 떠났고 지금까지 십몇 년째 서울에서 계속 살아가고 있다. 그토록 원했던 서울의 대학교는 자퇴를 했다. 내 직업에 학벌은 별 의미가 없었다.

큰 도시에서의 삶이 화려하고 멋지지만은 않음을 이제는 안다. 자유와 함께 오는 책임이 얼마나 무거운지를, 돈을 벌어 1인분의 생활을 유지하기가 얼마나 어려운지를 몸소 깨우치며 나이를 먹었다. 새로운 출발을 기대하고 뭔가를 간절히 바라는 것. 그 자체가 사치스러운 반짝임이라는 것을 인정할 수밖에 없는, 그런 어른이 되어 버렸다.

열아홉의 그 혹독한 겨울이 나의 마지막 겨울 방학이었다. 성인이라는 이름 아래 인생에 방학은 없다. 우리는 늘 어딘가로 출석해야 하고, 언제나 답변해야 한다. 끊임없이 시험을 보고 반듯한 결과를 '반드시' 내야 한다. 누가 시키지 않아도 스스로를 증명해야 한다. 정해지지 않은 시간표. 아무도 가르쳐 주지 않는 문제집. 답 자체가 없을지도 모르는 질문들.

어른이 된 나는, 욕심이나 욕망보다는 '필요'를 생각하며 사는 것 같다. 그 필요를 채우기 위해 날마다 크고 작은 노력을 한다. 노력의 원동력은 열아홉의 나에게서 태어났다. 절실히 노력해 본 경험이 있었기에 어떻게든 할 수 있음을 안다. 아무리 노력해도 안 될 수도 있음을 알기에 더욱더 최선을 다해 본다. 그날부터 지금까지 나는 몇 번을 성공하고, 수백 번 실패했다.

네 개의 계절, 어김없이 먹는 나이의 숫자, 벌어야 하는 돈과 성공에 대한 갈망. 그 모든 것이 뒤섞인 시간 속에서 매년 새로운 고민들과 매달 어려운 문제들이 발생했다. 솔직히 타고났다면 좋았을 대단한 재능이나 화려한 외모, 넘치는 재력은 내게 없지만⋯⋯ 내 이름의 책 네 권과 내 그림이 들어간 수많은 결과물, 노트에 쌓인 수많은 글들이 있다. 아이러니하게도 그때 이걸 왜 그려야 하는지 모르겠다고 생각했던 그림들로 인해 돈을 벌고 그 경험을 토대로 직업을 이어 나가는 건, 10년이 훌쩍 지나서야 알게 되는 성취의 조각들이다.

여전히 노력은 힘겹다. 두려움과 막막함은 평생을 안고 가야 하는 숙제 같다. 하지만 차곡히 쌓아 온 스케치북처럼 반복된 연습과 묵묵한 끈기는 나를 끊임없이 성장하게 한다. 어른의 삶은 상상과는 달랐지만 생각보다 나쁘지 않다. 성실하게, 실망하지 않고, 최선을 다하며. 할 수 있는 것을 하는 어른으로 살아가고 있다.

어린 나는 세상에서 사라졌다. 세상은 불공평하고 냉정하니까, 끊임없이 노력하고 발버둥 쳐야 한다는 팩트를 모르던 나는 그 시절을 계기로 지워졌다. 긴 시간이 지난 지금도 그때를 생각하면 입시의 긴장이나 합격의 기쁨이 아닌, 매일매일 그림을 그렸던 이름 없는 수많은 날들만 기억난다.

재주소년의 노래 중에 〈명륜동〉이라는 곡이 있다. 서울에도 명륜동이 있다는 것을 나중에 알았는데, 나는 이 노래를 들으면 부산의 명륜동역에서 눈을 맞으며 울던 열아홉의 내가 떠오른다.

〈명륜동〉 노래 가사처럼, 이젠 지워지고 없는 어린 나. 해맑던 영혼을 깨고 나와 이기적이고 잔인한 세상의 진실을 마주했다. 만약 서울에 가겠다는 결심을 하지 않았다면 나는 지금 어디에 있을까. 그림을 그리지 않았다면 무엇을 하고 있을까. 글을 쓰지 않았다면, 그렇지 않았다면, 하지 않았다면…… 다 무의미한 가정이다. 어설픈 재능이 힘이 없듯, 만약이라는 경우의 수 또한 힘이 없다. 과거의 내가 만들어 낸 지금의 나는 현재를 살고 있고, 지금의 나 또한 미래를 만들어 갈 뿐.

언젠가 내게 다시 한번 방학이라는 것이 주어진다면, 그때의 나는 지금의 나를 어떻게 기억할까.

그 마음을 떠올리며 매해 겨울을 보내고 싶다. 나의 진짜 마지막 겨울 방학은 아직 오지 않은 것이기를. 그때는 혹독하고 잔인한 풍경을 가리던 눈물이 아니라, 따뜻한 눈송이처럼 하얗게 웃을 수 있기를.

열아홉의 봉현에게

서른쯤 되면 사는 게 수월할 줄 알았어.
그토록 궁금했던 '나'라는 사람에 대해서도
알게 될 거라 생각했고.
하지만 여전히 모든 게 어렵고, 오히려 더 모르겠다고
하면 너는 실망할까?

하지만 있잖아, 계속 노력할 거야.
어려운 만큼 더 애써 보고, 모르는 만큼 더 공부하며.
지나온 순간들은 사라진 것이 아니라
멈추지 않고 그려 온 점과 선 들의 합처럼
면으로, 형태로, 풍경으로 남는 거니까.

그때 혼자 버티며 울던 너를 토닥여 줄 수는 없지만
눈물이 많던 내가 이제는 좀처럼 울지 않는 것을 보면,
조금은 강해진 게 아닐까 싶어.
그 사실이 위안이 된다면 좋겠어.
너는 그렇게 슬픔과 고통을 견디며 성장했거든.

그러니 어떤 일이 닥쳐도 다 괜찮을 거라 생각해.

어떤 마음은 시간이 지나서야 의미를 깨닫게 되더라.

그 마음과 태도를 잃지 않고 계속해 볼게.

계속, 살아가 볼게.

✳

때로는 무모해지기도 하지만 그건 미숙한 마음이 아니라
단순한 진심이었다. 좋아하는 마음이 부풀고 부풀어 올라
나도 함께 곁에서 반짝거리고 싶어지는 마음이 들었다.
뭔가를 해내고 싶은 마음, 너무너무 좋아해서
꿈이 되는 마음은 과연 무엇일까?

기본값은 언제나 덕질

유지현

유지현

이야기를 짓는 일이 좋아서 문예창작을 공부했다.
어린이청소년문학서점 '책방 사춘기'를 운영하며, 그림책과 동화,
청소년 소설을 소개하는 글을 쓴다. 주로 진짜 이름보다는 춘기 씨, 춘기 님,
춘기 이모라고 불린다. 길고양이들을 챙기면서부터 겨울이 조금 밉다.

중고등학교 6년간의 겨울 방학은 순정한 열정으로 가득한 나날이었다. 방학식 날이 되면 '이제부터 마음껏 덕질을 할 수 있다!'는 생각에 설렜다. 팬들에게 겨울은 매우 중요한 이벤트가 있는 계절이었다. 겨울 방학이 시작되면 그 어떤 구애도 받지 않고 오로지 나의 시간 전부를 '우리 오빠들'에게 쓸 수 있었다. 눈뜨는 아침부터 잠드는 밤까지 끊임없이 오빠들의 노래를 듣고 매일 스케줄을 체크하며 방송국 앞에서 서성였다.

그렇다. 꺼지지 않는 불꽃처럼, 피할 수 없는 돌풍처럼, 나는 지독한 아이돌 덕후였다.

아이돌 황금시대를 산 나에게 덕질은 일상의 전부였다. 누구에게나 자기만의 최애 가수들이 있었는데, 그게 누구인지에 따라 어울려 지내던 친구들이 달라지기도 했다. 같은 팬덤이 아니라면 어제의 친구가 오늘의 적. 모든 중심이 '나의 오빠들'을 향해 돌아가던 때였다. 하루 24시간이 모자랄 정도로 좋아하는 오빠들의 이야기를 할 수 있는 이들만이 진정한 친구였다.

내가 정식으로 팬클럽 활동을 한 가수들은 '지오디'와 '동방신기'였다. 중학교 3년 동안은 지오디의 팬클럽 '팬지오디'로 활동했고 고등학교 3년 동안은 동방신기의 팬클럽 '카시오페아'라는 또 다른 정체성이 나에게 있었다.

돌이켜 보면 겨울 방학에 대한 나의 기억은 '축제'로 요약된다. 매년 연말이면 방송사 3사(KBS, MBC, SBS)에서 3일간 가요대상 시상식이 진행되는데, 각 시상식의 현장에 참여하는 것이 팬들의 진정한 의무였다. 겨울 방학은 내게 모든 축제에 당당하게 참여할 수 있는 기회와 자유를 선물해 주었다. 일반적인 음악 방송과 달리 가요대상 시상식은 팬들이 얼마나 많이 참여하는지가 중요했다. 응원과 함성 소리가 달라진다는 건 내 가수에게 힘을 보태는 일이었다. 만약 내가 좋아하는 가수가 대상이라도 타게 된다면! 그 현장에 있었다는 사실이 대대손손 들려줄 얼마나 자랑스러운 이야기가 될는지!

　사실 다른 이유보다도, 내가 온 마음을 다해 좋아하는 이들이 정당한 보상을 받길 바랄 뿐이었다. 누군가를 너무 좋아하게 되면 그 사람의 삶 일부가 내 것처럼 느껴질 때가 있다. 삼시세끼를 챙겨 먹기는커녕, 잠도 제대로 자지 못하고 매일 빡빡한 일정들을 해내고야 마는 나의 아이돌들이 너무 안쓰러웠다. 노력에는 정당한 보상이 주어져야 하니까, 한 해의 마지막 날 수많은 사람들 앞에서 '대상'을 거머쥐며 인정받는 게 마땅하다고 생각했다.

　내 가수들에게 힘을 실어 주어야 한다는 마음 하나로, 따뜻한 집에서 편하게 방송을 보지 않고 직접 현장에서 여의도의 칼바람에 함께 맞섰다. 방송국 앞에서 종이 박스를 깔고 앉아 밤을 지새웠다. 두 겹 세 겹 껴입은 점퍼와 담요로도 추위를 이길 수는 없었다. 시린 엉덩이와 꽁꽁 언 손발을 호호 불면서도 우리 오빠들을 위한 일이라고 생각하면 씩씩한 기운으로 이어졌다. 어느새 우리들은 모두 "그깟 추위 따위!" 하며 끊임없이 노래를 부르고 응원법을 외치며 기다림의 시간을 보내곤 했다.

지오디의 팬, 그들의 정식 팬클럽 '팬지오디'라는 것은 나에게 큰 자부심이었다. 엄마 아빠 동생 선생님 이웃 모두 다 알고 있는 국민가수. 내가 그들을 좋아하고 있다는 사실이, 어디서나 하늘색 풍선을 흔들고 있는 내가 아주 자랑스러웠다. 지오디가 큰 인기를 끌었던 가장 큰 이유는 그들이 국민가수가 되기까지의 이야기와 인간미 그리고 노래였다. 멋지고 예쁜 외모가 눈길을 끄는 다른 아이돌 그룹에 비해 지오디는 화려하지 않고 좀 평범하게 느껴지기도 했지만 그 때문에 더욱 많은 사람들이 좋아했다. 오로지 자신들의 꿈을 이루기 위해 노력했던 이들은 가난하고 힘들었던 시절을 보상받듯 커다란 성공에 이르렀다. 수많은 사람들이 그들의 목소리에 감동했고 그들의 말 한마디에 좋은 영향력을 전해 받았다.

그때는 꿈을 이룬다는 것이 무척 멋지게 느껴졌다. 꿈을 이룬 사람을 좋아하고 있다는 사실 또한 뿌듯했다. 잠재된 가능성을 믿고, 끊임없는 열정과 연습으로 이뤄 내는 반짝이는 이야기를 향한 동경이 항상 내 안에 있었다. 그런 사람들을 좋아하고 있다는 사실이 정말로 자랑스러웠다.

또 하나의 가족, 팬 패밀리

팬클럽 활동에 열정적일 수 있었던 건 든든한 연대자들 덕분이었다. 똑같은 색과 디자인의 점퍼를 입고 똑같은 수건과 풍선을 흔드는 이들. 덕질은 함께라면 더 큰 힘을 발휘했다. 가수들만큼이나 바쁜 스케줄을 따라가다 보면 익숙한 얼굴들을 마주하곤 했다. 함께 밖에서 밤을 지새우고 추위를 견디면서 자연스럽게 닉네임과 소속 팸의 정보를 나누고 나면 짧은 순간이지만 금방 돈독해졌다. 바로 옆줄에 앉은 타 가수의 팬덤에 지지 않기 위해 쉴 새 없이 노래를 부르고 목이 터져라 내가 좋아하는 그룹의 이름을 외쳤다. 연대감이 주는 든든한 기운으로 우리는 추위도 배고픔도 피곤함도 잊었다. 여의도의 비정한 칼바람을 함께 맞고, 끊겨 버린 지하철역 안에 삼삼오오 모여 첫차가 올 때까지 끝없는 수다로 밤을 지새운 동지애랄까. 언제나 애틋하고 든든함이 있는 사이였다.

팬클럽의 세계에는 공식 팬클럽 말고도 다양한 소규모 팬모임들이 존재했다. 각자 특정한 콘셉트를 가지고 자신들을 홍보하는 팸(팬 패밀리)들이 있었다. 학교에서는 조용하고 내향적

인 아이였기에 내가 이토록 열정적인 모습을 갖고 있다는 사실을 학교 친구들은 몰랐을 것이다. 그러니 당연하게도 '비밀 요원'이라는 이름을 가진 팸이 자연스럽게 내 마음을 사로잡았다. 팸의 리더 언니는 고등학생이었고, 대부분은 나와 같은 또래이거나 한두 살 아래의 동생들이었다. 비밀 요원이 되기로 한 이들은 모두 내향적인 성향을 지녔다는 공통점이 있어서 우리는 무척이나 잘 맞았다.

팸은 단지 함께 공개방송이나 콘서트에 참가하는 것뿐만 아니라 다양한 활동을 해야 했다. 우리가 어떤 팬 활동을 한다는 것을 알리기 위해 온라인에서는 각각의 콘텐츠를 만들어야 했고, 오프라인에서는 명함과 현수막을 만들었다. 우리 팸을 다른 사람들에게 알리기 위해 적극적으로 홍보에 나서야 했다.

"저는 비밀 요원의 ○○○○입니다."

수줍었던 자기소개도 점점 능숙해져 갔다. (비밀 요원답게 당시 내 닉네임은 비밀로 하겠다, 후훗.)

함께 좋아한다는 사실만으로 언제 어디서든 누구와도 친구가 될 수 있었다. 시간이 지나면서 우리의 연대감은 점점 더 차곡차곡 쌓였다. 마음이 맞는 친구들과 함께하는 일들은 뭐든지 즐거웠다. 덕질로 인연을 맺게 되었지만 우리는 누구보다

끈끈한 친구이자 가족이었다. 팬 활동을 도모하기 위해 자주 만나서 같이 밥 먹고 서로의 집에도 놀러 갔다. 그 시절 아무에게도 이해받지 못할 것 같은 마음과 고민을 이들과는 나눌 수 있었다. 특히 언제나 언니가 있는 친구들이 부러웠던 나에게는 많은 언니들이 생긴 것이 가장 기뻤다. 좋아하는 마음 하나로 이어진 다양한 친구들 덕분에 나는 사춘기를 무난하게 보냈는지도 모르겠다.

지오디의 해체로 인해 좋아하는 대상이 자연스럽게 동방신기로 바뀌었다. 마음의 변화는 있었지만 나의 겨울 방학 일정은 크게 달라지지 않았다. 새로운 친구들과 다시 매섭고 차디찬 여의도의 칼바람을 맞으며 여전히 방송국 앞에 서 있었기 때문이다. 무대 아래 빽빽하게 모여 선 우리는 풍선을 흔들며 노래를 따라 불렀다. 무대 위 우리의 우상들을 향해 큰 소리로 이름을 외치며 서로의 어깨에 기대 힘껏 응원을 보냈다.

좋아하는 마음은 이처럼 언제나 기쁨이었다. 때로는 무모해지기도 하지만 그건 미숙한 마음이 아니라 단순한 진심이었다. 좋아하기 때문에 그들이 인정받길 원했고, 좋아하기 때문에 더 많이 알 수 있었다. 그들의 성공 뒤에 얼마나 많은 '피땀 눈물'

이 존재하는지를 말이다. 그걸 증명하기 위해 무대를 따라다녔다. 생각해 보면 그런 인정의 마음은 어쩌면 나 자신을 향한 것이었을지도 모르겠다. 눈에 띄는 외모를 지니지 않은, 특별하게 잘하는 것도 없는, 그럭저럭 평범한 아이에게는 꿈과 희망이 필요했다.

나와 비슷한 또래의 아이돌이 누구보다 빛나는 모습으로 카메라 앞에서 멋지게 노래와 안무로 공연을 마치면 함께 그 무대를 해낸 기분이 들었다. 좋아하는 마음이 부풀고 부풀어 올라 나도 함께 곁에서 반짝거리고 싶어지는 마음이 들었다. 뭔가를 해내고 싶은 마음, 너무너무 좋아해서 꿈이 되는 마음은 과연 무엇일까?

나에게는 그때까지 특별한 꿈이 없었다. 아이돌 덕질은 답답하고 지겨운 일상들을 견뎌 낼 수 있도록 가장 큰 힘이 되어 주었지만 그렇다고 해서 그것이 나의 꿈이 될 수는 없었다. 그들의 노래를 듣고 또 듣고, 무대를 보고 또 보면서 작은 마음 하나가 샘솟았다. 내가 좋아하는 사람, 나와 똑같은 동갑내기 고등학생인 그들은 자신의 꿈을 향해 끊임없이 노력하며 반짝이는 미래로 나아가고 있었다. 그러나 나는? 평범한 고등학생인 내 미래는 한없이 불투명해 보였다.

4분짜리 무대를 위해 수많은 연습과 노력을 하는 아이돌, 그들에게 응원을 보태기 위해 몇 날 며칠 추위와 배고픔을 이기며 방송국 앞에 줄을 서 있는 나. 좋아하는 것을 향한 마음과 마음이 연결되는 순간 나비효과가 일어났다. 누군가의 꿈을 좇기만 하는 것이 아니라 나도 그 사람처럼 내가 좋아하는 것을 꿈꾸는 사람이 되어야겠다고. 그게 무엇이든 해낼 수 있을 것 같은 마음과 작은 용기가 바로 이 덕질에서 비롯되었다.

좋아하는 마음을 나누기 위해
좋아하는 것들로 채운 나의 작은 책방

그렇게 삶이 흘러가는 대로 평범하게 살 줄 알았던 나는 어느 날 갑자기 책방 주인이 되었다. 책방을 하게 된 것은 단순한 마음이었다. 어른이 되어서 보게 된 그림책, 동화책, 청소년소설들이 내 가슴에 불을 지폈다. 좋아하는 것을 누군가와 함께 나누던 어린 시절의 기억이 떠올랐다. 이 마음을 다른 사람들과 나누고 싶었다. 어린이·청소년책을 잘 모르는 사람들에게 매력을 알려 주고 싶었고, 더 많은 사람들이 좋아해 주길 바랐다.

중고등학교 시절 내 삶에 가장 큰 영향력을 발휘한 아이돌들과 든든한 연대자이자 동반자가 되어 준 팬 친구들이 떠올랐다. 좋아하는 마음으로 사람들이 모이는 곳, 나는 그런 공간을 꿈꿔 보고 있었다. 좋아하는 것들에 대해 시간 가는 줄 모르고 이야기하고 점점 하나의 팸이 되어 가는 장소가 나의 책방이 되길 바랐다. 그러니 인정할 수밖에 없다. 나를 책방 주인으로 만든 기본값은 역시나 덕질이라는 사실을.

책방을 하면서 가장 많이 듣는 질문 중 하나는 책방 이름에 관한 것이다.

"책방 이름이 왜 사춘기인가요?"

사실 사춘기는 내가 만들어 낸 단어도 아니고, 뭔가 대단한 의도를 가지고 붙인 이름도 아니지만, 누가 물어보면 늘 그럴듯한 이유를 만들어 대답해야만 할 것 같았다.

'사춘기'를 말할 때 예민하고 반항적이고 어두운 이미지를 떠올리다 보니 대부분 부정적인 단어나 의미로 쓰이는 듯했다. 그러나 나에게 사춘기는 기쁨으로 충만한 예쁜 단어였다. 덕질을 하면서 작고 사소한 것에 단순하게 기뻐한 내 모습이 사춘기에 머물러 있었다. 가장 뜨겁고 즐겁고 아름답고 행복했던 시절이 나의 사춘기였다. 또 사춘기는 누구한테나 공평하다는 점도 좋았다. 누구에게나 지나가는 시절이란 어쩌면 모두가 공감할 수 있는 마음 같은 것이 아닐까. 그런 사춘기를 조금 더 소중하게 여겨 주길 바랐다. 무언가를 아주 깊이 좋아한다는 것, 후회 없이 사랑한다는 것. 그것만으로도 충만하게 채워지던 하루하루의 기억들이 여전히 내 안에 남아 있다.

앞으로의 꿈이 있다면, 그것 역시 단순하다. 지금 이 마음을 잃지 않는 것. 한때 내가 좋아했던 가수들의 노래 가사처럼 오래 누군가의 마음을 토닥이는 존재가 되고 싶다. 지나갔지만 그저 지나가 버린 것이 아닌, 언제나 지금 여기에 있는 현재 진행형의 마음으로. 나의 사춘기도 누군가에게는 다정한 위로가 되길 바라고 있다.

여전히 매년 겨울의 끝자락에는 당연한 습관처럼 연말 시상식을 시청한다. 그러다 보면 문득 그 시절의 나를 발견한다. 온 힘을 다해 좋아하는 마음을 아낌없이 내보이던 나를.

마치 동창회처럼 그런 반가움을 즐기는 기쁨과 재미가 있었는데, 코로나 이후로는 나의 특별한 겨울 방학의 재미도 사라진 듯하다. 가수들은 그 어느 때보다 멋지고 무대 또한 화려하지만 공간을 가득 채운 색색의 관중들 열기와 뜨겁고 강렬한 함성이 느껴지지 않는 장면은 어딘지 쓸쓸하게 느껴진다. 꼭 다시 마음과 마음이 넘쳐 나던 뜨거웠던 축제의 겨울이 찾아오길 바라며.

한겨울의 여의도를 누볐던 유지현에게

　너의 모습을 떠올릴 때면 네가 참 부럽다는 생각이 들어. 좋아하는 마음만으로 충만한 하루하루를 보내던 네가 말이야. 지금의 나는 그때의 나를 자주 잊고 시내지 뭐야. 좋아하는 마음만으로 가질 수 있었던 열정과 용기와 무모함 들을 말이야.

　나는 요즘 나 자신을 돌보는 일에 대해 많이 고민하고는 해. 좋아하는 게 뭔지, 하고 싶은 게 뭔지. 하다못해 먹고 싶은 걸 고르는 것도 어려울 만큼 내가 나에 대해서 잘 모르고 있더라고. 내가 나를 좋아하는 일이 어렵고 점점 더 나 자신에 대해 무뎌져 가는 걸 느껴.
　그런데 때마침 너를 마주하게 되었지 뭐야. 단순하게 내가 좋아하는 게 무엇인지 알고 최선으로 몸과 마음을 움직이던 너를 말이야. 나는 네 모습이 부끄럽지 않고 자랑스러워. 진심만으로 언제나 용기를 낼 수 있었으니까.

　지금 내 주변에도 무언가를 좋아하는 데 진심인 사람들이 있어. 모두들 각자의 불꽃을 피우며 타오르고 있지. 그 모습을 마냥 부러워만 했는데 어쩌면 나에게도 아직은 불씨가 남아 있지 않을지 찾아보려고 해. 너를 통해 작은 용기를 얻게 된 거 같아. 좋아하는 마음은 과거에 머무르지 않고 현재에 안주하지도 않아. 어디에도 지지 않고 꿋꿋하게 앞으로 나아가서는 예측할 수 없는 미래를 만들더라고. 정말이야. 그건 내가 장담할 수 있어.

그러니까 더욱더 네가 좋아하는 일들을 마음껏 즐겼으면 해. 누군가에게는 보잘것없고 한심하게 느껴진다고 해도 네 마음이 가장 중요하거든. 그때의 나에게 다정한 지지를 보내 주었던 언니들처럼 나도 든든한 응원을 너에게 건네고 싶어. 언제든지 너의 이야기를 들어 줄 테니 나에게 말해 줘.

언제나 뜨거운 너를 내가 응원할게.

❄

빠릿하진 않아도 찬찬히 구워지는 붕어빵을 바라보는 게
이유 없이 좋았다. 아저씨의 서늘한 따스함은 겨울의 찬바람과
붕어빵 기계 열이 빚어내는 천막 안 공기와 비슷했다.
열 살의 나는 그 붉은 천막 속 온기에서 편안함을 느꼈다.

붕어빵이라는 이름의 점

김상민

김상민

낮에는 마케터로 일하고 밤에는 글을 쓴다.
정준일, 이소라, 단팥죽, 전기장판과 차렵이불의 포근함까지
좋아하는 것들 대부분이 겨울의 질감을 띤다. 겨울 입장권을 사는 마음으로
그해 첫 붕어빵을 산다. 『교토의 밤』『마마 돈워리』『아무튼, 달리기』를 썼다.

가끔은 삶 전체가 모순 같다. 내향인의 정체를 숨긴 채 오랜 시간 정반대의 코스프레를 해 온 과거도, 자기소개조차 힘겨워하는 사람이 마케터를 업으로 삼고 있는 오늘도. 관종이지만 너무 큰 관심 앞에서 소스라치는 것 또한 모순이다. 파도 파도 괴담은 계속된다. 완벽주의자라면서 한없이 덜렁대는 성격, 고집 센 팔랑귀라는 정체불명의 자아. 주기적으로 떠나지 않으면 앓아눕는 여행 신봉자이지만, 일주일 넘게 틀어박혀도 아무 문제없는 집돌이기도 하다.

이쯤 되니 나도 나를 잘 모르겠다.

주변 사람들은 오죽했을까. 포브스 선정 김상민이 가장 많이 들어 본 말 1위는 "넌 대체 어떤 사람인지 모르겠어."였다. 그만큼 나라는 인간은 늘 물음표로 존재해 왔다. 종종 물음표의 구부러진 시선이 펴져 느낌표가 될 때도 있지만, 이내 굴곡진 퀘스천 마크로 되돌아오곤 했다. 아이러니하게도 시간의 마일리지가 그득한 사이일수록 나를 향한 의구심은 더 자주 날아들었다. 관계의 새로고침은 매번 그 의심 앞에서 이뤄졌다. 누군가는 떠났고 어떤 이는 찜찜한 눈초리로 자리를 지켰으며, 몇몇은 그럼에도 따스하게 손잡아 줬다. 의지와 상관없이 재편되는 인간관계 속에서 김상민이라는 존재는 점점 가늠할 수 있어도 측정할 순 없는 존재가 되어 갔다.

하지만 그런 시선에 반대표를 던지는 이가 있다. 그는 나의 어긋난 파편들을 이어 붙여 희미한 개연성을 발견해 낸다. 꼬인 실타래를 헤집어 기어코 알고리즘을 찾아내는 사람. 그의 이름은 백우정이며 내가 34년 동안 엄마라 부르고 있다. 엄마는 이상하리만치 늘 차분하다. 모순 가득한 나에 대해 호들갑 떨어 봤자 그의 평정심에는 흠집 하나 내지 못한다. 안온했던 10대 시절이 무색하리만큼 어른이 되고부터 삶이 요동칠 때도, 평범함의 궤도에서 자꾸만 이탈하는 모습을 보일 때도 백우정 씨는 그저 담담했다. 다만 이 한마디를 꼭 덧붙였다. 엄마는 전혀 이상하지 않다고, 진작부터 아들이 그럴 줄 알고 있었다고.

그때마다 영화 〈빅 피쉬〉를 떠올렸다. 주인공의 모험담을 허풍으로 치부해 버리는 다른 이들처럼, 나 역시 백우정 씨의 신선 코스프레를 설농탕에 밥 말듯 무심히 뭉개곤 했다. 하지만 예나 지금이나 단단한 건 엄마이고 흔들림은 내 몫이다. 현재의 모순과 과거 사이 뜻밖의 연결고리를 마주하며, 당신의 지난 예언들이 단순 허세가 아님을 깨닫기 시작했다. 그건 전혀 다른 온도의 무언가였다.

나를 향한 시선이다. 오랜 세월 내게 고정된 시선이 그의 평정심을 더 단단하게 한다. 엄마의 한쪽 눈은 오늘의 나를, 다른 한쪽은 과거의 나를 바라본다. 철없는 30대 아저씨와 너무 빨리 철들었던 사춘기 10대 소년이 그의 시선 속에 공존한다. 내 사춘기 시절을 누구보다 깊고 면밀하게 지켜본 사람이기에, 어쩌면 당사자보다 더 정확하게 기억하는 사람이기에 가능한 일이다.

엄마는 모자가 부대끼며 살던 모든 순간을 여전히 선명히 기억해 낸다. 아들이 모순 가득한 삶을 토로할 때, 이미 백우정 씨는 과거를 향한 눈으로 그 역설의 기원을 파악한다. 정작 주인공은 망각해 버린 사춘기 시절이 엄마에게는 아들의 현재를 비추는 거울로 충실하게 자리하고 있다.

엄마를 보며 두 가지를 깨닫는다. 하나는 사랑이란 시간과 기억의 문제라는 것. 다른 하나는 내 삶 도처에 깔린 모순이 사실 10대 시절 무수히 쏘아 올린 발사체의 잔해라는 것. 엄마는 그 잔해들을 주워 기억의 창고에 빼곡히 채워 넣어 왔다. 그렇게 아들의 오늘을 바라보며 그와 부합하는 조각들을 선별하고 끼워 맞춘다. 들어맞는 퍼즐을 확인하고는 역시 그럴 줄 알았다며 미소 짓는다. 엄마의 현명함은 내게 뜻밖의 희망을 남기기도 했다. 개연성 따위 없어 보이던 나의 삶이, 사실 꽤 탄탄한 서사가 뒷받침된 세계관일지도 모를 거라는 희망.

아마 그때부터였다. 내가 나 자신의 고고학자가 되기로 한 건. 현실의 모순과 마주할 때마다 내 시선은 자연스레 10대 사춘기 시절로 향한다. 지금부터 할 이야기 역시 최근 발굴된 김상민사(史)의 고고학적 발견이다. 성격의 자양분으로, 취향의 뿌리로 쓰임새를 다하고서 저벅저벅 망각의 길로 향하는 과거다.

＊

겨울이었다. 필요 이상으로 조숙했던 열 살의 김상민은 이미 사춘기 한복판에 놓여 있었다. 또래 친구들과 생각의 결이 어굿나는 건 예정된 수순이었다. 자연스레 혼자 노는 것에 익숙해지기 시작했다.

물론 예나 지금이나 내키는 대로 살 수는 없었다. 어쨌거나 어른들의 보호 혹은 감시 아래 있어야 할 나이였다. 또래에서 홀로 겉도는 남자아이는 금세 무리로부터 격리되거나 심하면 괴롭힘의 대상이 되기도 했으니까. 적당히 낄 때 끼고 빠질 때 빠지며 어린이로서의 사회생활과 고립의 시간을 번갈아 오갔다.

그러다 큰 변화가 불어닥쳤다. 이사였다. 고작 버스 두 정거장 거리였지만 열 살 아이에게는 일상의 완전한 재편이었다. 익숙한 모든 것과의 이별은 그 또래에겐 받아들이기 힘든 두려움 중 하나였다. 하지만 홀로 사춘기에 들어선 아이에게는 희소식에 가까웠다. 남몰래 갖던 나만의 시간에 확고한 명분이 생긴 순간이었다.

이사가 내게 남긴 가장 큰 행복 역시 학원을 끝마치고 혼자 집에 가는 길이었다. 삼십 분 남짓의 귀갓길은 온전한 나만의 시간이 되어 주었다. 고단한 초등학생의 퇴근길, 그 여정은 도착지만 정해져 있을 뿐 마음속 내비를 찍는 건 내 마음이었다. 문방구에 들러 이것저것 구경하고, 오락실 가서 게임도 몇 판 하고, 계단에 앉아 삐뚤빼뚤한 글씨로 아무 말이나 끄적이다 다

마고치 똥을 치웠다. 그렇게 호기심을 원료 삼아 이곳저곳을 경유했다. 학원에서 집은 걸어서 이십 분 거리였지만 나의 퇴근 길은 숱한 경유지를 거쳐 매번 삼십 분을 훌쩍 넘기곤 했다. 나의 이른 사춘기를 (그때도 이미) 알고 있던 엄마는 별다른 잔소리 않고 적당히 눈감아 줬다.

＊

모험의 마지막은 간식 사 먹기였다. 당시 살던 아파트 단지에는 지금은 잘 볼 수 없는 리어카와 가판 들이 줄지어 서 있었다. (단속이 뜨면 번개같이 사라진다는 점에서 그 시대의 팝업 스토어였다.)

메뉴는 다양했지만 고독한 편식가이자 간식은 주식이 될 수 없다는 원칙주의자인 내게, 최종 선택지는 둘 중 하나였다. 군고구마와 붕어빵. 겨울 간식의 양대 산맥이 길 끄트머리에서 얼굴을 맞댄 채 영업 중이었다.

군고구마 아저씨와 붕어빵 아저씨는 상반된 매력을 뽐냈다. 로코물의 남주와 서브 남주처럼, 한쪽은 나르시시즘 한 방울 섞인 적극적인 타입이고 다른 한쪽은 무심하지만 묵묵히 챙겨 주는 스타일이었다. 남주에 어울리는 건 고구마 아저씨였다. 지나는 사람들을 향해 테너와 바리톤 사이의 묵직한 목소리로 "군~고구마, 군~~고구마!"를 외치곤 했다. 중간중간 박수도 한 번씩 치고 "군~고구마 천 원~~"을 약간의 엇박으로 뱉어 내니 이미 그에 손에 쥐어진 합격 목걸이. 도저히 그냥 지나칠 수 없는 마력에 군고구마 가판 앞은 늘 웨이팅으로 빼곡했다. 지금으로치자면 아저씨의 MBTI는 E로 시작함이 분명했다.

붕어빵 아저씨는 서브 남주에 가까웠다. 건너편 아저씨가 온갖 호객 행위로 시선을 끌 때 그는 슬픈 눈으로 붕어빵만 구웠다. 손님이 "얼마예요?"라고 먼저 묻기 전까지 그의 목소리를 들을 수 없었다. 하지만 무심해 보이는 모습과 달리 겉바속촉의 남자였다. 붕어빵의 겉바속촉을 본인에까지 투영한 '붕아일체'랄까.

"슈크림 안 좋아하죠? 팥으로만 드릴게요."

그 온기는 내게도 내리쬐었다. 늘 천 원어치만 사 가는 초등학생의 얼굴과 취향을 그는 또렷이 기억하고 있었다. 다만 그 이상의 선을 넘지 않았다. 내 일상의 안부를 묻거나 부모님은 뭐하시냐 같은 질문은 없었다.

"뜨거우니까 여기 끄트머리 잡고 가요."

오직 붕어빵을 만들고 전하는 과정에만 적확하게 담긴 따스함이었다.

남주와 서브 남주의 사랑 대결이 대부분 남주의 승리로 끝나는 것과 달리, 내 최종 선택은 붕어빵이었다. 고구마 아저씨의 넉살은 신기하면서도 왠지 모르게 무서웠다. 그의 장단에 맞출 자신이 없었달까. 나같이 조용하고 소심한 손님은 그에게 어울리지 않는 것 같아서…… 발걸음은 저절로 붕어빵 아저씨에게 향했다. 빠릿하지는 않아도 찬찬히 구워지는 붕어빵을 바라보는 게 이유 없이 좋았다. 아저씨의 서늘한 따스함은 겨울의 찬바람과 붕어빵 기계 열이 빚어내는 천막 안 공기와 비슷했다. 열 살의 나는 그 붉은 천막 속 온기에서 편안함을 느꼈다. 돌아서면 까먹는 나지만 그때 날 감싸던 공기는 피부의 질감으로 또렷이 남아 있다.

겨울은 금세 지났다. 다니던 학원을 옮기며 혼자 걷던 시간 역시 이내 사라졌다. 겨울이 지나자 두 아저씨는 사이좋게 모습을 감췄다. 어느 날 보니 아파트 앞에 큰 마트가 들어서며 그 시절의 팝업 스토어들도 하나둘 사라졌다. 열 살 무렵의 기억도 그즈음에서 멈춰 섰다.

발굴하고 복원해 낸 그 겨울의 기억은 여기까지다. 이후 몇

년 더 그곳에 살았지만, 분명 존재했을 수많은 이야기는 붙이기 힘든 단편의 조각들로 남아 있다. 기억의 엔딩 크레딧을 바라보며 24년 전 겨울로 거슬러 간 이유를 상기한다. 다시 시선은 오늘의 나로, 지금 이 글을 쓰면서도 마주하고 있는 지독한 모순으로 돌아온다.

*

퇴근 후 글 쓰는 삶을 살고 있다. 밤마다 책상에 앉아 두 번째 출근을 한다. 북토크에서의 Q&A 시간이나 인스타그램 DM으로 이중생활이 힘들지 않느냐는 질문을 왕왕 받는다. 그때마다 활짝 웃으며 힘들지 않다고 답한다. 그러면서 복화술로 사실 죽을 것 같으니 도와 달라는 구조 신호를 스리슬쩍 보낸다. 그럼에도 이 고단한 일상을 기꺼이 수용하는 건 결국 나를 드러내고픈 마음 때문이다. 주로 쓰는 장르가 에세이인 것도 같은 이유 아닐까. 에세이는 상대적으로 현재 생각과 감정, 근래의 경험 그리고 오늘의 감각에 많은 부분을 기댄다. 사회생활의 가면을 벗고 가장 날것의 나를 보여 주고 싶은 열망이 매일 밤 펜을 들게 한다.

덕분에 꽤 솔직한 글을 쓴다. 민낯을 스스럼없이 드러내고 부끄러운 과거를 아무렇지 않게 펼쳐 놓으며, 나의 유약함을 기꺼이 고백한다. 직장인 김상민의 낯가림과 조심스러움이, 문장을 써 내려가는 작가 김상민일 때는 신묘히 씻겨 내려간다. 첫 문장에서 마지막 마침표까지 온전한 내가 담기면 좋겠다는 바람 때문이기도 하다. 글이 나를 닮아 있으면 하는 마음으로 쓰기에 완성된 글과 나를 쉽게 동일시한다. 글이 마음에 차지 않으면 나라는 존재의 부족함으로 치환해 버린다. 퇴근 후 엉망으로 지친 몸을 이끌고 다시 한번 온 힘을 짜내 글에 집착하는 이유다. 고생 끝에 한 편의 글을 써낸 밤, 드디어 끝냈다는 안도의 한숨을 내쉬는 밤. 진짜 이상한 일은 그때부터 벌어진다.

"누구도 이 글을 보면 안 돼!"

갑자기 나의 태도가 돌변한다. 쓸 때는 지구촌 모두에게 보여 줄 기세더니 완성한 글 앞에서는 사색이 된다.

부끄러워서다. 나는 내 글을 (심지어 지금 역시도) 몹시 부끄러워한다. 단순히 내 이야기가 담겨서, 나의 솔직한 민낯과 마주해서 그런 건 아닌 듯하다. 후회 없이 최선을 다했지만, 그 최선을 내보이는 게 너무나 민망하다. 두려움 섞인 창피함이 아닐까도 생각해 본다. 나의 최선이 다른 누군가에게 미적지근함으로 닿을 때의 민망함은 상상만으로도 끔찍하다. 누구나 봐 줬으면 하지만 어느 누구도 보지 않았으면 하는 마음. 그럼에도 글쓰기는 계속된다. 최선을 다해 쓰는 나와 최선을 다해 숨기고 싶은 내가 공존한다. 실패를 자초하는 글쓰기다.

이 지난한 모순의 실을 부여잡고 끝없이 당겨 보기 시작했다. 당기고 당기고 당기고 덩기고 당기고 또 당기자 내 앞에 누군가가 서 있었다. 24년 전 겨울의 붕어빵 아저씨. 아저씨와 눈이 마주쳤다. 그제야 깨달았다. 내가 군고구마 가판이 아닌 붕어빵 가게의 천막을 걷고 들어간 건 구황 작물보다 팥을 좋아해서가 아니었다. 어린 나도 선명히 느낄 수 있었던 어떤 동질감 때문이었다. 군고구마 아저씨가 닮고 싶고 되고 싶은 사람의 표본이라면, 붕어빵 아저씨는 같은 세계 속에 살고 있는 사람이었다. 그 내적 친밀감에 기대어 열 살의 김상민은 군고구마가 아닌 붕어빵을 택했다.

*

사춘기는 선택을 시작하는 단계다. 우리의 삶이 과거에서부터 찍어 온 무수한 점들의 총합이라면, 사춘기는 다른 누군가가 아닌 내 의지로 점을 찍는 최초의 순간이다. 설익은 직관과 정제되지 않은 믿음, 아직 충분치 못한 경험을 근거 삼아 위태로워 보이는 선택을 이어 나간다. 물론 위태로운 동시에 위대한 여정의 시작이다. 나로 향하는 호기심과 세상을 향한 물음표를 양 지팡이 삼아 저벅저벅 걸어간다. 그 끝에는 지금 거울 앞의 내가 서 있다.

24년 전 군고구마와 붕어빵이라는 갈림길에서도 또 한 번의 선택이 있었다. 열 살의 김상민은 군고구마가 아닌 붕어빵을 손에 쥔 채 집으로 향했다. 이는 내가 어떤 사람으로 자라날지에 대한 복선이자 지금 내가 품고 있는 어느 조각의 시발점이었다. 붕어빵을 선택해 붕어빵을 먹고 자란 소년은 그렇게 붕어빵 파는 어른으로 자라났다.

매일 밤 붕어빵을 굽는다. 나의 천막 속에서 팥 대신 글자를 넣고 문장을 굽는다. 큰 소리로 이야기를 외치고 사람들의 이목을 끌고 싶지만 그럴 수 없는 사람인 걸 이제는 잘 안다. 마케터로 일해 온 7년 넘는 시간이 무색하게 나의 언어를 알리는 건 여전히 낯 뜨겁다. 군고구마 아저씨가 되기 위해 이런저런 노력도 해 봤지만 끝내 나는 이렇게 홀로 붕어빵을 굽는다.

누군가 찾아와 주길 바라며 정성스레 단어를 반죽하고, 감정의 불이 너무 뜨겁거나 약하지 않게 적정한 온도를 가늠한다. 그러다 천막을 걷고 들어오는 한 명 한 명의 얼굴을 또렷이 기억한다. 요즘 뜸한 몇몇 얼굴을 떠올리기도 하고, 새로 만난 손님 앞에서는 단전에서부터 끓어오르는 낯가림을 꾹꾹 누르며 반가운 미소를 지어 본다. 담담하지만 간절하게, 누군가 읽어주고 응답해 주길 기다린다. 적어도 내 문장과 마주하는 그 순간만큼은 따뜻하게 쉬어 가길 바라며 오늘 밤 지금 이 순간에도 책상에 앉아 한참을 끄적인다.

지금까지 당신에게 나의 이야기를 전했다. 이제 다음 장으로 넘어갈 시간.

"진심을 담은지라 뜨겁네요. 여기 끄트머리 잡고 가세요."

열 살의 상민에게

잘 지내니?

너는 이런 상황을 예상 못 했겠지. 24년 후의 내가 너를 온전히 기억하고 이렇게 편지까지 쓰게 될 거란걸.

왜 하필 너냐고 물을 수도 있겠다. 고백하자면 넌 꽤 귀한 존재야. 사춘기 시절의 몇 안 남은 또렷한 기억이거든. 다만 왜 하필 너인지에 대해서는 뭐라 답해야 할지 모르겠네.

그러게…… 왜 하필 너일까? 분명 더 특별한 순간이 많았을 텐데 왜 지극히 일상적인 너만 남은 걸까. 그 시절 네 바람과 다르게 24년이 지난 지금도 이렇게나 모르는 것투성이야.

오늘도 붕어빵을 사 왔니? 그 좁디좁은 천막 속에서 이유 모를 편안함을 느꼈을 네가 귀여우면서 안타깝기도 해. 고작 열 살이면서 스무 살, 서른 살도 안 할 삶의 고민을 다 짊어지려던 네가 생각나. 그래서인지 붕어빵 앞에서 히죽거리던 영락없는 그 나이의 얼굴은 내 마음을 무겁게 해.

넌 오늘 밤도 꿈을 꾸겠지? 10년 후, 20년 후, 30년 후의 네가 등장했던 그때의 꿈이 종종 생각나.

빨리 어른이 되고 싶다는 간절한 바람 때문이었을까? 정말 그만큼의 시간이 흘러 네가 그토록 바라던 그 나이의 내가 됐는데…… 지금의 내가 떳떳한 어른인지는 잘 모르겠다. 오늘은 자신 있게 대답할 수 없지만 다음 편지에서는 좀 더 나아져 있도록 노력하며 살게.

마지막으로 나중에 네가 커서 좋아하게 될 영화의 대사로 끝인사를 전해.

나도 네 꿈을 꿔.

우리가 찍을 수 없던 어떤 사진들에 관하여

정성스럽게 한 컷 한 컷 사진을 찍던 때가 있었다. 보잘것없는 작은 필름 카메라 하나에 서른여섯 컷짜리 필름 한 통 넣고서 여기저기를 쏘다니던 겨울. 거리의 사람들이 오가며 내뿜던 입김들과 어쩌다 서로의 어깨를 스치면 성냥처럼 작게 타오르던 겨울 냄새들.

어쩌면 그때가 나의 사춘기였던 것 같다. 나와 사람들, 나와 세상에 일정한 거리를 두고 거닐며 쉬이 말을 걸지 못해 조심스럽게 셔터를 누르던⋯⋯ 현상된 필름과 인화한 사진을 작은 봉투에 넣고 돌아오던 길. 브레송이라도 된 것마냥 잔뜩 들뜬 마음에 확인을 해 보면, 막상 눈앞에 펼쳐지는 건 볼품없는 거리들. 흔들려 형체가 없는 사람들. 멀건 하늘과 심드렁한 고양이 몇 마리. 그나마 초점이 맞았으나 잔뜩 심술이 난, 덩그러니 놓인 우체통 따위의 처연함의 향연.

여덟 편의 이야기 속 우리들 기억이 어쩐지 낯익다. 거창하고 과장된 무용담의 한 장면은 아니라서 조금 볼품없기도, 꺼내 놓기 어쩌면 초라하기도, 아니면 아득하고 두렵고 막막한 그 시절의 내 모습 같아서……. 우리가 본 풍경과 눈에 담은 이야기는 기억이라는 필름에 오랜 시간 담겨 있다가 이렇게 문장들로 현상되었나 보다.

서로 다른 곳, 같은 시간을 보내는 이 겨울. 나는 사춘기가 늦게 찾아온 이름 모를 사진가가 되었다. 눈 내리는 어느 거리를 걸으며 여덟 번의 셔터를 눌러, 기억들로 현상된 글들을 그려 본다. 그리고 우리는 찍을 수 없던 그때의 어떤 사진들을 조심스럽게 인화해 본다.

2021년 겨울,
양양

좋아한다고 말할 수 없었어

나의 겨울 방학 이야기

1판 1쇄 발행   2021년 12월 01일
1판 3쇄 발행   2023년 3월 27일

지은이   윤단비 김예원 윤치규 김성광 박서련 봉현 유지현 김상민

그린이   양양
편집   이혜재
디자인   MALLYBOOK 최윤선, 정효진, 이예령
제작   세걸음

펴낸이   이혜재
펴낸곳   책폴
출판등록   제2021-000034호(2021년 3월 15일)
전화   031-947-9390
팩스   0303-3447-9390
전자우편   jumping_books@naver.com

너와 나, 작고 큰 꿈을 안고 책으로 폴짝 빠져드는 순간
책폴

블로그   blog.naver.com/jumping_books
인스타그램   @jumping_books

책폴